別役実の
混沌・コント

三一書房

別役実の混沌・コント　もくじ

第一部

カバー画
「すきとおった青みたいな風を探していた」くまのひでのぶ

第一部

夕焼け小焼けで

登場人物

男1

男2

男3

電信柱が一本。街灯がついている。ホリゾントいっぱいの青空。

上手より土方風の男1が、手に持ったカップラーメンをすすりながら現れる。

男1　（カップのラベルを見て）ヘン、夕焼けラーメンだってやがら……。胸焼けラーメンじゃないんだろうな。（いきなり、がなりたてるように歌い出す）ユーヤケ、コヤケデ……。

空が、みるみる夕焼けになる。

男1　おい、よせよ、俺は歌ってるだけなんだから……。（ラーメンをすすり）ヒガクレテ……。

日が暮れ、街灯に灯がつく。

男1　誰なんだ、俺は歌ってるだけだって。言ってるだろう？　いきなり暮れることはないじゃないか……。（ラーメンをすすり）ヤーマノ、オテラノ……（あたりをうかがうが、何もないので）カネガ……。

鐘がゴーンと鳴る。

男1　じゃないかと思ったよ、お前は山のお寺か？　馬鹿にするなって言ってるんだ、本当に。オーテテ、ツナイデ……。

同じく上手より、会社帰りのサラリーマン風の男2が現れ、おずおずと男1のほうに手を差し出す。

男1　何だい……？
男2　いえ、ですから、手をつなぐんじゃないんですか……？
男1　俺とか……？
男2　だって、あなたが言ったんですよ、オーテテ、ツナイデって。
男1　お前、いくつになった？
男2　三十七ですが……。
男1　俺は四十二だよ。三十七と四十二の男が、手をつないで歩けるか、こんなところを……？
男2　でも、誰も見てませんけどね。
男1　お前、手ぇつなぎたいのか？

男2　馬鹿なことを言うのはよして下さい。私だってうちに帰れば、女房と五つになる娘がいるんですから。そこへあなたと手ぇつないで帰ったらどうなると思うんです。いいかげんにして下さいよ。パパこの人誰って聞かれたら、何て答えればいいんですか。
男1　何を言ってるんだ、お前は？　誰がお前のうちなんかへ行くって言った？
男2　だって、そうなんでしょう、オーテテ、ツナイデ、ミナカエロ。
男1　だから、それは歌だって言ってるだろうが。
男2　いいです。じゃ、ここで、ジャンケンポンしましょう。
男1　何だ、ジャンケンポンて？
男2　ジャンケンポン知らないんですか、グーとチョキとパーの……。
男1　知ってるよ。でもそれだったら、ジャンケンて言え、ジャンケンて。同じことでも、ジャンケンポンて、ポンをつけられると嫌な気分になるんだ、俺は。
男2　ジャンケンです。
男1　それで？
男2　何ですか？
男1　ジャンケンしてどうするんだ？
男2　負けたほうが手ぇつなぐんです。
男1　よーし。（と、構えて）でも、誰とつなぐんだ？

男2　私が負けたらあなたと、あなたが負けたら私とですよ。
男1　だったら、どっちにしろつなぐんじゃないか。
男2　でも、そいつの責任でつなぐんですからね、負けたほうの。ですから、誰かに聞かれたらそう言ってやればいいんです、こいつがつなぎたいって言ったから、つないでいるんだよって。
男1　よーし。（と、構えて）でも、そうするとどうなるんだ？
男2　そうすれば、そいつのほうがみっともないってことになるじゃありませんか、手ぇつないでくれなんて言ったんですから。
男1　そりゃそうだ。よーし。（構える）
男2　いいですね？
男1　でも、誰にも聞かれなかったらどうなる？
男2　それならそれでいいじゃないですか。
男1　うん、それはそれでいい。
男2　いきますよ。
二人　ジャン、ケン、ポン。

二人とも、パー。

二人　アイ、コで、ショ。

二人ともグー。

二人　アイ、コで、ショ。

二人とも、チョキ。

男1　お前、手を変えろ。
男2　あなたこそ変えたらどうなんです?
男1　俺は変えてるよ。
男2　私だって変えてます。
男1　よし、今度で決着をつけるぞ。
二人　ジャン、ケン、ポン。

二人とも、グー。

二人　アイ、コで、ショ。

二人とも、パー。

二人　アイ、コで、ショ。

二人とも、パー。

男1　お前、ふざけてんのか？
男2　ふざけてるわけないじゃないですか。
男1　どうでもいいけどね、何かやってんでない限り、こんなに同じものが出てくるってことあるか？
男2　あなただってやってるんですよ、私が何かやってるんだとしても、あなただって変えられるんですから。
二人　ジャン、ケン、ポン。アイ、コで、ショ。アイ、コで、ショ。アイ、コで、ショ。

全部、同じものが出る。

男1　おい。
男2　何ですか?
男1　お前、何だ?
男2　何だって、ただのサラリーマンですよ。元はね。今は失業中ですが。
男1　俺に悪意持ってんな?
男2　持っているわけないじゃないですか。
二人　ジャン、ケン、ポン。アイ、コで、ショ。アイ、コで、ショ。アイコで、ショ。

全部同じものが出る。

男1　違うよ。
男2　違う?
男1　お前、人間じゃない。
男2　馬鹿なことを言うのはよして下さい。言ったでしょう、うちに帰れば女房と子どもがいて。
男1　じゃ、俺が人間じゃないのかな?
男2　人間ですよ。

男1　人間に見えるかい？

男2　見えますよ、どう見ても人間です。

二人　ジャン、ケン、ポン。アイ、コで、ショ。アイ、コで、ショ。アイ、コで、ショ。

　　全部同じものが出る。

男1　呪われてる。

男2　単なる偶然ですよ。こういうことだってないわけじゃないでしょう。この次は大丈夫ですよ。そういうもんなんです、この世の中ってのは。

二人　ジャン、ケン、ポン。

　　同じものが出る。男1ワッと言って男2に飛びかかり、男2の首を締める。男2が倒れる。上手より、巡査姿の男3、現れる。

男3　（男2の死体を示して）お前か、やったのは？

男1　そうだよ。

男3　（手錠を出しながら）手を出せ。

男1　（両手を前に出し）何だい、お前さんは？

男3　カラスだよ。

二人　カラスト、イッショニ、カエリマショ。（歌いながら、上手に去る）

去りにあわせて溶暗転。

カア、とカラスが鳴いて。

ソロロ・ポリン・テニカ・カバト・オスス・
トンブ・ピリン・パリン

登場人物

男1

男2

男3

男4

下手に電信柱が一本。街灯がついている。夕暮れである。
上手より、会社帰りのサラリーマンといった感じの男が鞄を小脇に現れる。

男1　（ふと立ち止まり）え……？（と言って、たどたどしく思い出しながら）ソロロ・ポリン・テニカ・カバト・オスス・トンブ・ピリン・パリン……だったと思ったけど……じゃなくて、ソロロ・ポリン・テニカ・カバト・オスス・トンブ・ピリン・パリン……（例えばこの部分「ソ」と言って額を叩き、「ロロ」と言って頬を叩くといったように、手や足の動作が入る。この動作が前半と後半ではちょっと違うのである）だったかなあ……。

セリフの途中より、同じく会社帰りのサラリーマンといった感じの男2が上手より現れ、男1の動作をじっと見つめる。

男2　何だい……？
男1　いや、だからね（と、動作入りで繰り返してみせ）ソロロ・ポリン・テニカ・カバト、と、こうくるとだなあ、どうしても、オスス・トンブ・ピリン・パリンと……。
男2　馬鹿。

男1　え……？
男2　え、じゃないよ。馬鹿。（動作を入れて、丁寧に）オスス・トンブ・ピリン・パリン……。
男1　わかってんだよ。そんなことは。でもそれは、ソロロ・ポリン・テニカ・カバト、と、こう来た場合のことだろう……？　でも、俺が今やってんのは、ソロロ・ポリン・テニカ・カバト、と……。
男2　馬鹿……。ソロロって、ここからもう間違ってんだよ、お前は……。いいか、ソロロ・ポリン……。
男1　違うよ。
男2　黙ってろ、馬鹿……。
男1　でも、違うんだから。俺がやろうとしているのは、ソロロ・ポリン……。
男2　（おさえて）いいから、馬鹿、ともかく俺のやるのを見てろ、ソロロ、だろ？　ポリンだろ？
男1　それだったら、お前……。
男2　黙ってろって言ってるだろう、馬鹿。と来るから、オスス・トンブ・ピリン・パリンとなってしまうんだ……。
男1　だから俺は……。
男2　馬鹿、今は俺がやってんだ。いいかげんに邪魔するのはよしてくれ、（腕時計を見て）俺だって、そんなに時間があるわけじゃないんだから。そこに人を待たしていて、もう三十分も遅れてるんだ……。

男1　じゃ、行けよ。

男2　行けるか。ソロロ・ポリンなんてやってる奴を放っておいて……。

男1　でも、いいか。何度も言ってるように俺は、オスス・トンブとやるために……。

男2　違うって言ってるだろう、馬鹿……。いいか、ソロロ・ポリン・テニカ・カバト、とこうなんだ……。これならオスス・トンブ・ピリン・パリンと……。

男1　ならない……。

男2　なるよ、馬鹿。だって、今、なったじゃないか。オスス・トンブ・ピリン・パリン……。

男1　そこじゃないよ。お前、ソロロ・ポリンてやっただろう？　それだったら、テニカ・カバトになるよ。（男2のやったのをなぞって）テニカ・カバト、じゃなく……。

男2　馬鹿。ソロロ・ポリン、とくれば、誰がやっても、テニカ・カバトと……。

男1　ならない。

男2　なるよ。実際にやってみろ。なるってことがわかるから……。

男1　まあ、いい。お前の言いたいことはわかった。もう行けよ、人を待たしてあるんだろう……？

男2　行くけどね、ともかく一度やってみろよ。テニカ・カバトって……。そうすればそのほうが正しいってことが……。

男1　出来るか、テニカ・カバトなんて……。
男2　(カッとしてつかみかかり)何で出来ないんだ……。
男1　(ふりはらって)いいかげんにしろ、馬鹿……。
男2　(更につかみかかって)馬鹿とは何だ。
男1　お前だって、さっきから、馬鹿、馬鹿って……。
男2　言ったよ……。(と、首を絞め)言ったけどね、それはお前が馬鹿な上に、自分が馬鹿だってことを、知らないからなんだ……。そういうのが、お前、本当の……(男1、ぐったりする)馬鹿……。(気がついて)おい……(頬を叩く)馬鹿……。おい……。

上手より、会社帰りのサラリーマンといった感じの男3が、鞄を小脇に現れる。

男3　(立ち止まって)どうしたんです……?
男2　いや、今……。
男3　殺したんですか……?
男2　殺したんじゃなくて……。ただ、こいつがね、ソロロ・ポリン、ときたら、テニカ・カバト、とこうくるって言うんで……。いや、そもそもの始めはですよ、オスス・トンブ・ピリン・パリンとやりたいって言うんです。こいつが……。それで私が、ソロロ・ポリン・テニカ・カバト、とやれば……ね。これなら、オスス・トンプ・ピリン・パリンとなるわけですから……。そう言ったら、こいつが、ソロロ・ポリン、ときたら、テニカ・カバトとこうくるはずだと……。
男3　テニカ・カバト、じゃないですか……?
男2　何です……?
男3　いや、ですからね、ソロロ・ポリン、とくれば、テニカ・カバト、になるんじゃないですかって……。
男2　馬鹿なことを言うのはよしてください。ソロロ・ポリン、とくれば……。
男3　まあ、いいですけどね。私は、ソロロ・ポリン、ときたら、これはもうどうしてもテニカ・カバト、だと思ってるんです、失礼、急いでいますんで……。（下手へ）
男2　ちょっと、待ってください。
男3　何ですか。この先に人を待たせてあるんですよ……。
男2　それじゃ、こいつはどうなるんです……?
男3　私は関係ありませんよ。殺したのは、あなたでしょう……?
男2　でも、あなたが言うように、私のが間違いだとすると、こいつは犬死にしたことになる……。
男3　だとしても、どうしようもないでしょう……。
男2　（近づいて胸倉を取り）あなたのが間違ってるんだ……。

男3　間違ってませんよ。誰に聞いたって私のほうが……。
男2　間違ってる……。
男3　わかりました。間違ってます。放してください。
男2　駄目だ……。
男3　だって、言ったじゃないですか、私のほうが間違ってますって……。
男2　言ったけども、思ってない……。
男3　思ってなくたって……。
男2　思わなくちゃ。駄目だ、間違ってるって……。思え、思え、思え……。（男3の首を絞める。
　男3、ぐったりする）

上手より、会社帰りのサラリーマンといった感じの男4が、鞄を小脇に現れる。

男2　（気づいて）違うんですよ、これは……。
男4　違うって……？
男2　ですからね、こいつが、ソロロ・ポリン・テニカ・カバト……。
男4　すみません、私、急いでますんで……。
男2　待ってください。見ればわかるんですから……。いいですね、ソロロ・ポリン……。

男4、下手へ去る。

男2　待って。ほんのちょっと……。こうなんです。ソロロ・ポリン・テニカ・カバト、おい、こっち見て、オスス・トンブ・ピリン・パリン……。おい。ソロロ・ポリン……ちょっと、テニカ・カバト、ちょっと‼

或る晴れた日

登場人物

女１

男１

男２

バス停の標識とベンチ。上手より男1が現れ、ベンチに座り、持ってきた新聞を広げて読む。下手より女1が現れる。

女1　(ベンチに近づき)いいですか……?
男1　(少し腰をずらして)どうぞ……。
女1　(座って)殺し、やりません……?
男1　(新聞をまるめて)やります……。
女1　ちょっと待って下さい、私、今、殺しやりませんかって言ったんですよ……。
男1　ですから、やります……。
女1　人を殺すんですよ……。
男1　殺します……。
女1　(立って)やめたわ……。
男1　(とめて)待って下さい、やるって言ってるんですよ、私は……。
女1　わかりますけど、いきなりすぎません……?　全然知らない人に殺しやりません?　て聞かれて、すぐやりますなんて……。少なくともひとをひとり殺すんですから……。
男1　わかってますよ、それが如何に大変なことかってことはね……。でも、それは知らない人でしょう、私の……？
女1　だと思いますよ……。（少し離れて座り）私の夫ですから……。
男1　だったら大丈夫です……。これが私の家内とか娘とか言うんでしたらね、多少ためらうってこともあるでしょうが……。赤の他人でしたら……。
女1　私には赤の他人じゃありません……。
男1　そりゃそうでしょうけど、殺すのは私ですから……。（ポケットから紙切れと鉛筆を出して）日時と場所は……？
女1　何ですか、日時と場所って……？
男1　ですから、いつどこで殺すのかってことですよ……。そうですね、殺し方についても注文がありましたら……。
女1　私、まだあなたにお願いするなんて言ってませんよ。
男1　だって……（あたりを見まわして）ほかには誰もいないじゃないですか……。
女1　ここにはいませんけど、ほかを当たればいくらもいます……。（立つ）一千八十万ですからね……。
男1　待って下さい。何です、一千八十万てのは……？
女1　謝礼ですよ、殺しの……。
男1　安くありませんか、保険金はいくら入るんです……？

女1　六千万ですけど、それは関係ありませんよ。放して下さい。それはそれ、これはこれって、そういう考え方なんですから……。
男1　わかりました。いいです。一千八十万で引受けます。でも、八十万てのは何です……？
女1　消費税じゃありませんか……。
男1　あ、消費税ね……。
女1　そういうことは、キチンとしたいんです、私は……。
男1　わかりました。それで、死因は何にします……？
女1　まだお願いしていないって言ってるじゃありませんか。死因って何です……？
男1　御主人の死因ですよ。保険会社に保険金請求書を出すんですが、その死因の欄に書かなければいけないんです。自然死か病死か自殺か事故死か……。
女1　事故死……？
男1　でしょう……？　そうじゃないかと思いました、事故の場合は当然倍額保証がついてるんじゃありませんか。六千万が一億二千万です。その場合は当然二千百六十万円ですね、こちらに下さるのは……？
女1　馬鹿なことを言うのはよして下さい。あなた今、一千八十万でいいって言ったじゃありませんか……。
男1　でもそれは普通の死の場合ですよ。事故死の倍額保証がついているんでしたら、それなりのことをしていただかないと……。

女1　倍額保証はついておりますけどね、その六千万はカタオカの……、カタオカっていうのは夫の福島の実家のことですけど、そこの果樹園と山を買いもどすために使おうと考えてるんです……。もし事故死と認定されて、それが入ったらですよ……。

男1　そんなことしたってしょうがないじゃないですか……。

女1　あなた、何なんです……？

男1　何ですか……？

女1　あなたにそんな口をきく資格はありませんよ。あの人はね、最後までそのことを気にしてたんですから……。

男1　あの人っていうのは御主人のことですね……？

女1　そうですよ。ですからまだ死んでませんけどね、もし死んだら、最後までそのことを気にしていただろうって意味です……。それというのもその果樹園と山は、あの人がバクチで損をして、取られたもんなんです。わかりますでしょう、根はいい人なんですよ……。

男1　ただ、いいですか、今更そんなものを取り返したところで何になります……？

女1　何になろうとあなたの知ったことじゃないじゃないですか……。

男1　でも、殺すのは私ですよ……。

女1　殺す、殺すって簡単に言わないで下さい。あなたにはね、人の命ってものに対する尊厳が感じられません……。

男1　感じてますよ。ただ、一億二千万ですからね、あなた家に帰って、こっちに汚いパジャマ着て無精ヒゲをはやしてごろんと寝ころがってるご主人がいて、こっちに一億二千万があったら、どっちとります……。

女1　ですから……、わかってるって言ってるじゃありませんか、そのことは……。ただ私はあなたと違って、四十何年か連れ添ってきましたからね、その人と……。そりゃ、バクチもしましたし、他に女も作りましたし、殴る蹴るの乱暴もしましたし……。

男1　殺しましょう……。

女1　会社もクビになるわ、仕事も探しに出ないわで……。

男1　殺すべきです……。

女1　手のつけられない人でしたけどね、でもそういう人でも、生きる権利はあるんじゃないかって思うんです……。

男1　ありませんよ……。

女1　だってもうあの人には、バクチをするお金もありませんし、女を作る甲斐性もありませんし、殴ったり蹴ったりする気力もないんですよ……。

男1　だからこそです。そんなの生きてたってしょうがないじゃないですか……。

女1　ちょっと待って下さい、あなたあの人に恨みでもあるんですか……？

男1　ありませんよ、会ったこともないんですから……。ただ私はそういう人をよく知ってますからね。一日中何をするでもなくぶらぶらしてて。こういう所に座って、馬券買う金もないのに競馬新聞……（かたわらの新聞を慌てて隠す）読んだり……。

女1　私の言いたいのは、そういう人でも生きる権利はある……。あるんですよ……。

男1　でしょうね……。

女1　あるけれども、この際涙を飲んでって、それがないんです、あなたには……。

男1　あるけれども、この際涙を飲んで……？

女1　そうです……。それがあれば、私、二千……百六十万でも……。

男1　やります……。

女1　駄目……。

男1　何故……？

女1　言ったでしょう……？　涙を飲んでっていうあれがないんです、あなたには……。

男1　でも、それは殺す時でしょう……？　殺す時には私、やります。涙飲みます……。

女1　口ばかりじゃないですか、あなたは……。言うだけなら誰にでも言えます……。

男1　口ばっかじゃないですよ。それじゃ見てて下さい。私、泣きながら殺しますから……。

女1　やめます……。

男1　ちょっと待って下さい……。

女1　私、あなたに殺されるくらいなら、あの人、もう少し生かしといたほうが……。
男1　あなたはそれでいいかもしれませんが、私はどうなるんです……？
女1　あなたが何です……？
男1　借金があって、今日にも首を吊らなければいけないんですよ……。
女1　放して下さい。関係ありませんよ、そんなこと……。
男1　関係あります。あなたが二千百六十万円払って下さったら……。

上手より、巡査姿の男2、現れる。

男2　どうしました……？
女1　何でもないんですよ。この人にうちの主人を殺してくれって頼んだら、やるって言うんです……。
男2　なら、いいんじゃないですか……。
男1　でもこの人は、駄目だって言うんですよ……。
男2　だって……（女1に）あなたが頼んだんでしょう……？
女1　頼んだんですけどもね、それは私の四十何年連れ添った主人ですよ、それなのにこの人、血も涙もないやり方で……。

男2　（男1に）どうやったんです……？
男1　まだやってないんです……。
男2　ああ、やってない……。
女1　私が言ってるのは、命の尊厳ですね、命の尊厳というものを認めた上で……私たち、誰と
　何の話をしているのかしら……？
男1　えーと、そうですね……。何の話をしていたのかな……？　失礼……。
女1　失礼しました……。

男1、下手へ、女1上手へ去る。

男2　今日は、晴れたな……。

《暗転》

混沌

登場人物

女1

女2

男1

男2

少年1

少年2

舞台中央奥に街灯のついた電信柱。下手に、ソファ、テーブル、椅子、茶ダンスなど、簡単な家具の並んだ居間。上手にベンチ。

通りが上手より居間の前を通って下手に続いている。居間の下手奥より、この家の他の部屋および玄関に続く。

電話が鳴る。下手奥より女1が、台所仕事をしていたのであろう、エプロンで手をふきながら現れる。

女1　はい、はい、ただいま……。（電話の受話器を取って）はい、もしもし……。もしもし……?

男1が下駄とステッキを持って、これも下手奥より現れる。

男1　何だい……?

女1　（受話器を置いて）間違い電話……。せめてすみませんくらい言ったらどうかしら。何も言わずに切るのよ……。

男1　行ってくる……。

女1　どちらへ……?

男1　ちょっと、そこまで……。（居間の上手側に下駄を置く）
女1　玄関から出たらどうなのかしら……？
男1　こっちのほうが近いからね……。（下駄をはいて上手へ）
女1　夕食までには帰ってきて下さいよ、お義母さん、遅れるとうるさいですから……。
男1　うん……。

この間に、上手より少年1が携帯電話で話しながら現れ、ベンチに座る。

少年1　（電話に）トウチャク、トウチャク、（腕時計を見て）時間通り……。

男1が通りかかる。女1は下手に去る。

少年1　（電話に）誰か出てきたよ、庭から……。え……？　オヤジ……。こっち見てる……。いや、見てるだけ……。
男1　（立ち止まって）何だ……？
少年1　（電話に）何だってさ、俺のこと……。
男1　（行きかけて、再び立ち止まり）誰と話してるんだ……？

少年1　(電話に) 誰かって聞いてるよ、お前のこと……。
男1　こんなところにうろついていないで、どこかへ行くんだ……。(上手へ)
少年1　(電話に) ここにいちゃいけないって言ってる、このオヤジ……。
男1　(立ち止まって振り返り) 誰なんだ、そいつは……?
少年1　(電話に) お前のこと、まだ気にしている。言ってやろうか、俺が誰と話そうが俺の勝手だって……、俺かどこにいようと俺の勝手だって……。
男1　お前、どこの子だ……?
少年1　(電話に) 今度は俺のこと……。どこの子かって……。だから、どこに住んでるのかって、そういうことじゃないのかな……。
男1　それ切って、こっちと話をするんだ。今私が話しているんだから……。
少年1　(電話に) 電話切ってさ……。いいかい、聞いててくれよ、こいつ、何するかわからないからな……。ぶっといステッキ持ってるし……。
男1　話を聞けって言ってるだろう……?
少年1　(電話に) 近付いてきた……。俺が痛いって言ったら、こいつがステッキでぶったんだからな。タケシにも言っといてくれよ。(ベンチから逃げて) 俺は何んにもしてないのにぶったんだ……。
男1　ぶってやしないじゃないか。

少年1　（電話に）まだぶってやしないよ。でも、ぶとうとしてるんだ、心の中でね……。

男1　お前、何なんだ……？　こんなところで何をしている……？

少年1　（電話に）おい、言ってやってくれよ、この馬鹿オヤジに、俺が誰で何をしようといいじゃないかって……。そんなことにひっかかってないで、せっせと社会のために働けって……。

男1　（電話を示して）それをよこせ……。

少年1　（電話に）来たよ。本性むき出してね、この電話よこせって……。（逃げる）

男1　（追いかけて）いいかげんにしろよ、おい、お前……。（つかまえようと）

上手より、巡査の格好をした男2、現れる。男1、足をとめる。

男2　何ですか……？

男1　いや、何でもないんですがね……。

少年1　（電話に）大丈夫だ、お巡りが来たからね、こいつがきっと逮捕してくれるんじゃないかな……。電話盗ろうとしたんだから……。

少年1、電話で話しながら下手へ消える。

男2　どうかしたんですか……。
男1　どうもしません。あいつが電話で私のことを話したんで、どういうことだって聞いてみただけです……。
男2　電話であなたのことを話した……？
男1　ええ、近づいてきたとか、殴ろうとしたとかね……。
男2　電話の相手は誰なんです……？
男1　それがわからないから、電話をよこせって言ったところにあなたが来たんです……。ああいうの、取り締るわけにはいかないんですかね……？
男2　電話で話しただけなんですね……？
男1　まあ、そうですが……。失礼……。

男1、上手へ去る。

男2　（その背中に）気にしないことですよ。あいつらは、違う世界で生きてるんです……。

また居間の。電話が鳴る。

女1　はい、はい、ただいま……。（電話の受話器を取って）はい、もしもし……。

男2、下手に消える。

女1　（電話に）もしもし……。あなた、誰……？　さっきも電話したでしょう……？（切れたらしく、受話器を置き）本当に、失礼しちゃうわ……。

下手奥より、少年2が、学校帰りらしくカバンを肩に掛け、靴を持って現れる。

少年2　ごめん下さい……。
女1　あら、どなた……？
少年2　タケシ君、いますか……？
女1　タケシ……？　いませんけど……。
少年2　それじゃ、待たせていただいていいですか……？
女1　だって、いないんですよタケシなんて子は……。今いないんじゃなくて、もともといないんです……。
少年2　でも、ここで待てって言われたんです……。

女1　ここでって、この家で……？

少年2　そうです。郵便局のとこを右に曲って三軒目のウエダって家で……。

女1　タケシ……？

少年2　ええ……。

女1　いくつくらいの子……？

少年2　知らないんです……。

女1　知らないって、あなたのお友達じゃないの……？

少年2　友達になれって言われてるんですけど、僕はいやなんです……。

女1　何だかわかりませんけどね、ともかくここにはいないのよ、タケシなんて子は、この近所にもね……。ですから、帰ってちょうだい……。

少年2　駄目なんです。友達にならないにしても、会うだけは会えって。言われてるんですから……。

女1　会っていやならいやでいいけども、会わずにいやなんて言うなって……。

少年2　でも、現にいないし、来るなんて話も聞いてないのよ、タケシなんて子が……。

女1　ちょっとだけ、待たせてもらってもいいですか……？

少年2　ちょっとだけって言っても、私、これからお夕食の支度もしなければいけませんしね……。

女1　やって下さい。僕、ここにいますから……。

少年2　そうだとしても……。（少年2の靴を見て）あなた、どこから入ってきたの……？

少年２　（下手を示して）そこの……。
女１　玄関でしょう。それだったらそんなものここまで持ってこないでちょうだい。下駄箱があったでしょう。
少年２　すみません。（下手へ行きかけて）ついでに、そこの部屋をちょっと見させていただいてもいいですか……？
女１　部屋を……？
少年２　ええ、玄関の脇の………。
女１　駄目よ。あなた、だって、タケシって子を待ってるだけっだって言ったじゃないの。
少年２　ええ、ですから、そこに隠れているかもしれないと思って……。
女１　馬鹿なことを言うのはよしてちょうだい。あそこはお婆ちゃんが、と言っても主人の方の母親ですけどね、寝ているんです。
少年２　じゃ、そのお母さんに聞いてみてもいいですか……？
女１　何を……？
少年２　タケシ君が来たかどうか……？
女１　あなた、何を言ってるんです。お婆ちゃんに……母にわかるくらいなら私にわかります。ほとんど寝たきりの年寄りですよ……。
少年２　だったら二階はどうなんです、その部屋の手前に階段があって、二階に上がれるようになってましたけど……。
女1　いいかげんにして下さい。これ以上馬鹿なことをするんでしたら、警察を呼んで追い出してもらいますよ……。
少年2　わかりました。それじゃ、靴置かしてもらいますから……。（下手へ行こうと）

電話が鳴る。

女1　また……？（電話に近づきながら）さっきから変な電話ばっかり……。
少年2　僕です……。
女1　あなた……？
少年2　（電話に近づき）すみません。（受話器を取る）もしもし、ミヨちゃん、僕、僕、カズ……。来ているけどね、タケシ君まだなんだ……。わかった……。そうするよ……。え……？変なオバさん……？　ああ……（女1を見て）ここの人だよ。だから、ここに住んでる人みたいなんだ……。うん、そう言っとく……。じゃ、ね……。（電話を切る）
女1　何……？
少年2　何ですか……？
女1　何なの、その電話は……？

少年2　ミヨちゃんから、僕が着いたかどうかって……。
女1　どうしてその子はここの電話番号を知ってるの……？
少年2　電話帳で調べたんじゃないんですか。ゆうべ、僕、携帯落としちゃったもんで……。
女1　うちの電話よ、これは……。勝手にあなた方で使わないでちょうだい……。
少年2　でも、タケシ君来たら電話してくれって言われてるんですけど……。ああ、いいか、タケシ君携帯持ってるだろうから、それで掛ければ……。いいです……。だけど、そうだ、僕、ミヨちゃんの携帯の番号知らないんだ……。どうしたらいいだろう……。
女1　知りませんよ、そんなこと……。

玄関のほうから、男2の《ごめん下さい》という声が聞こえる。

女1　（少年2に）ちょっと待って、その辺のものいじらないでね……。靴……。
少年2　はい……。（靴を女1に渡す）
男2　（声だけ）ごめん下さい……。
女2　はい、今行きます……。

女1、靴を持って下手へ。少年2、ソファに座る。下手より、女2、現れる。

女2　あら、ごめんなさい……。ナミ子さんは……？
少年2　今、玄関のほうへ行ってますけど……。
女2　お客さん……？
少年2　そうみたいです……。
女2　もう、そろそろお夕食の時間なんですけどね……。（ソファに座り）お台所のほうで音がしないから……。あなた、ヨシオさん……？
少年2　カズオです……。
女2　ああ、ヨシオさんのオトモダチの……？
少年2　じゃないと思いますけど、僕、ヨシオって人、知りませんから……。タケシ君を待ってるんです……。
女2　ああ、タケシさん……。そのタケシさんていうのがヨシオさんのオトモダチね……。
少年2　そうなんですか……？
女2　そうだと思いますよ。だって、その子に会いに来るんでなければ、ヨシオさんこの家に来るあれがありませんもの……。お腹空いてません……？
少年2　いえ、大丈夫です……。それじゃ、タケシ君は来るんですか、ここへ。時々……？
女2　さあ、どうかしら。ヨシオさんだってめったに来ませんから……。

少年2　でも……。

下手より女1が名刺を見ながら、男2を連れて現れる。

女1　ともかく、今主人が出ておりますからね……。

男2　結構です。こういうことはご主人より奥様方に聞いていただいたほうがいいことですから……。

女2　何なの……？

女1　防犯週間で見まわりにいらしたんですって……。

男2　空巣が増えておりましてね、このあたり……。こちら、ご家族の方ですか……？

女1　ええ、母です……。

男2　で、こちらが息子さん……。

女1　違います……。

女2　ヨシオさんのオトモダチよ……。

女1　あなた、ヨシオのトモダチなの……？

少年2　違います……。

女2　ヨシオさんのオトモダチのタケシさんのオトモダチね……。

女１　（女２に）タケシって、ヨシオのトモダチなの……？
男２　いいですから……。それじゃこちらは、奥さんとお母さんとご主人と……。
女１　三人です。娘がひとり居りますけど、今はオーストラリアですから……。
男２　ご旅行中……？
女２　いえ……。
男２　留学……？
女１　じゃなくて、何かやってるみたいですけど、ボランティアで……。
男２　そうしますと、いつもいらっしゃるわけですね、ここには、どなたか……？
女１　いますよ。母が週二回病院へ行くことになっていますが、私が付添って行くときには主人がいますし、主人が付添って行くときには私がいますから……。
少年２　電話、お借りしていいですか……？
女１　駄目よ。言ったでしょう、これはうちの電話ですから、あなた方勝手に使わないでって……。
女２　どこへ掛けるの……？
少年２　カワバタ君ちです……。
女２　カワバタさんて、お米屋の……？
少年２　そうじゃなくて、何屋か知りませんけど、カワバタ君なら、ミヨちゃんの携帯の番号知ってると思うんです……。
女2　ミヨちゃん……？
女1　その子よ……。（男2に）さっきからその子、うちに電話してくるんですけどね、こういうこと、どうにかなりません……？
男2　オレオレ詐欺ですか……？
女2　（立ち上がり）オレオレ詐欺……？
女1　お母さん、やめてちょうだい……。詐欺じゃありませんよ、ただ掛けてくるだけ……。
男2　何て言うんです……？
少年2　僕に掛けてきたんですよ、ミヨちゃんは。それを小母さんが出たから切ったんです……。
女1　ここの電話なんですから私が出るのが当然でしょ……。（男2に）そういうことなんです、うちの電話で何の関係もないこの子たちがやりとりをしてるんです……。
男2　（少年2を示して）この人は誰なんです……？
少年2　タケシ君に会いに来たんです……。
女2　ヨシオさんのオトモダチよ。いえ、この人がっていう意味じゃなく、タケシさんていう人がね……。ヨシオさんていうのは（女1を示して）この人の甥ごさん……？
女1　妹の子ですけど、めったに来ないんですよ、ここには……。
男2　わかりました。（少年2に）だから、この電話をお借りする時には、ちゃんと断って……。

少年2　だってそう言ったじゃないですか、今、お借りしてもいいですかって……。
女1　そうじゃなくて、よそから勝手に掛かってくるんです、この子にって……。
男2　よそから……？
女1　ミヨちゃんて言ったかしら、掛かってきて私が取ると切るんです、何も言わずに……。この子が取った時だけ話すんですよ。
少年2　でも、それは……。

電話の音……。一瞬、全員がためらって、女2が取る。

女1　お母さん……。
女2　（電話に）もしもし、ウエダですが……。（突然、切る）
女1　どうしたの……？
女2　（男2に）オレオレって……。
男2　オレオレ……？
女1　女の子じゃなくて……？
女2　男……。
女1　（少年2に）誰……？

少年2　知りません……。
女1　あなた、今、誰かに電話するって言ってたじゃないの……。
少年2　カワバタ君ですけど、カワバタ君はまだ僕がここにいること知りませんから……。
女2　もっと大人の声でしたよ……。
男2　ほかに何か言ってませんでした……？
女2　いえ、私、ビックリして切ってしまいましたから……。
男2　それじゃいけないんです。これはみなさん聞いといていただきたいんですけどね、オレオレ詐欺の場合は、オレオレって言った後で必ず、どうこうしてくれって……。

電話が鳴る。男2が取る。

男2　（電話に）もしもし、トキワ橋交番ですが……。いや、どうも……。（受話器を置いて）ビックリして、むこうから切ってきましたよ、失礼と言ってね……。これもひとつの方法です、これで犯人は、もうこの番号には掛けてこないでしょう……。
女1　話は聞かなくてもいいんですか……？
男2　いや、みなさんが受けた場合は、話を聞いて下さい。これに録音装置がついてるといいんですがね……。電気屋に話せばそういうのがあると思いますから……。

電話が鳴る。

男2　奥さん、出て下さい……。
女1　何て言えばいいんです……?
男2　普通に……。大丈夫です……。電話ですから……。
女1　(受話器を取る) もしもし……? え……? あなた……? あなたなの、ここへ何度も電話をしたのは……? ビックリさせないでちょうだい……。オレオレなんて。言うからそうだけども……。え……? はい、わかりました……。(電話を切る) 主人からです……。
男2　ご主人、お宅の……?
女1　(女2に) コウジさんよ……。
女2　最初のも……?
女1　そう……。遅くなりますって……。
女2　食事は……?
女1　食事……?
女2　お夕食よ、待つの……?
男2　それじゃですね、一応戸締りの様子なんかを拝見させていただきたいんですが……。

女2　（立ち上がって）私の部屋もですか……？
男2　ええ、一応……。
少年2　僕も一緒に行っていいですか……？
女1　何故……？
少年2　ですから、さっき言ったように……。

下手より少年1が、携帯電話で話しながら現れ、ゆっくり……居間を通り抜ける。

少年1　えーと、ここらしいよ。タケシはまだ来てないみたいだけど、ここにいるのがお前の言ってたあいつかもしれない。うん、まだ何もやってない……。みんな、普通……。小母ハンと、お婆ちゃんと、お巡り……。うん、いいよ。そのままにね、そのまま、そのまま……。

少年1、居間を通り抜けて、上手へ。

女1　何なんです、今のは……？
男2　さあ……。でも、通っただけですから……。
女2　だって、土足ですよ……。

女1　（少年2に）知ってる人……？

少年2　いえ……。どこかで見たことがあるような気もしますけど……。

女1　タケシがどうのこうのって言ってましたよ……。

少年2　まだ来てないって言ってたんです。だから、もしかしたらミヨちゃんの……。

男2　よくあるんですか、こういうことは……？

女2　ありませんよ。と、思いますけど……。（と、女1に）

女1　あるわけないじゃないですか。だって人の家ですよ。人の家を勝手に通り抜けたり、勝手に電話掛けてきたり……。（少年2に）あなたですよ、あなたがここに勝手に入りこんできた時からおかしいんです……。

男2　この人も黙って入ってきたんですか……？

女1　そうですよ、私が電話をしてて、振り返ったらそこにいたんですから……。

少年2　でも、靴は脱ぎました……。

女1　靴は脱いでましたけどね……。

少年2　玄関でごめん下さいって言ったんですが、返事がなかったもんですから……。

男2　返事がなかったら入ってきちゃいけないんだよ。空き巣はよくそういう手を使うんです。ごめん下さいって声をかけましてね、つまり誰もいないことを確かめるんです。玄関のカギはかけてないんですか……？

女1　誰か居る場合はかけません……。
男2　今後はかけて下さい。こういうことがありますから……。どんなカギです……？
女1　どんなって、普通の……。
女2　ちょっと見せていただきます……。（下手へ）
男2　あなた、お夕食はどうするの……？
女1　ちょっと待って下さい、こういうあれなんですから……（下手へ）
女2　（少年2に）あなた、お腹、空いてない……？
少年2　空いてます……。
女2　いつもなのよ、ナミ子さん。コウジがいる場合はいいんですけどね、いないとわざと遅らせて、私にさいそくさせるのよ。わかるでしょ、私かいつも食べることばかり言ってるみたいに……。
少年2　僕、ポッキー持ってますけど……。
女2　ポッキー……？
少年2　ええ……。
女2　私の分も……？
少年2　一箱ありますから、二人で分ければ……。
女2　おいで……。

少年2　どこへ……？

女2　私の部屋にお茶があるから……。

二人、下手へ消える。やや間があって、下手より女1の声で《お母さん……。お母さん……》と。

《暗転》

死体がひとつ

登場人物

女１

女２

男１

舞台やや下手に街灯が一本。夜である。灯りがついている。
上手より一人の女性が、事務机の上に椅子を乗せて運んでくる。

女1　よいしょ、よいしょ、と……。（あたりを見まわし）このあたりでいいかしら……？（机を置く）

下手より女2が、男の死体を引きずってくる。

女2　すみません……。
女1　（机から椅子をおろしながら）はい……？
女2　手伝っていただけます……？
女1　いいですよ……。（女2に近づき、引っぱるのを手伝う）でも、何です、これ……？
女2　死体です。落ちてたんですよ、そこんところに……。
女1　まぁ、ねぇ……。それにしても、ひどく重くありません……？
女2　そうなんです。ですから、私、どうしようかと思って……。
女1　どうしようかって……？
女2　だって、私、病院へ行かなくちゃいけないんです……。死体ですからね、あんなところに放っとくわけにもいかないと思って持ってきましたけど……（腕時計を身て）面会時間は、八時までなんです……。もちろん、どうしてもお見舞いしなくちゃいけないって人じゃないんですよ。売場が違いますし……。ですから、むこうは食料品売場で、私のほうは家庭用品で、それほどおつきあいがあったってわけじゃないんですから……。でも、昨日イチカワさんに聞きましたら、イチカワさんていうのは、家庭用品の主任なんですけどね、まだお見舞いに行ってないのは、私だけだって言いますでしょう……？　もちろん、イチカワさんがどうしてそんなこと言ったかというと……。

女1　いいです、行って下さい……。

女2　行ってって……？

女1　ですから、病院へ、お見舞いに……。

女2　これ持って……？

女1　そんなこと出来るわけないじゃないですか、病院でしょ……。これはここに置いといて下さい、私、やりますから……。

女2　やる……？

女1　私、その係なんです……。（椅子に腰をおろし、抽出しから『死体処理係』と書かれた木札を出して、机の上に置く）ね……？

女2　死体処理係……？

女1　届出があった場合……（と、同じく抽出しから書類を出し）記録しておくことになっております……。（頁を開いて、書き）七月十五日、死体、一と……。一でしたわよね……？

女2　（あらためて見て）ええ、一です……。

女1　（頁を閉じ）処理しておきますから……。

女2　ありがとうございます。助かりましたわ………。一時はどうなることかと思ったもんですから……。それでは……。

女2、上手に去る。女1、立って死体を調べる。同時に、女2、引き返してくる。

女2　でも、どう処理するんです……？

女1　（死体から慌てて離れ）何ですか……？

女2　いえ、ですからね、それ、どう処理するのかと思いまして……。

女1　どう処理しようとかまわないじゃありませんか……。

女2　そうですけど、私が持ってきたんですからね、それは……。

女1　だからどうだって言うんです……？　何か権利があるとでも思ってるんですか、そこに落ちてたものを、ここへ持ってきたというだけで……。それも、そこからここまでは私が手伝ったんですからね……。

女2　私、別に権利がどうのこうのと……言ってるんじゃなくて、ただ、どうなさるのかなって……。
女1　急いでるんでしょ、面会時間は八時までだって言ってたじゃないですか……。
女2　行きますよ。行きますけど、私にだってこれに対してあれがあるんですから。それをあなたに、置いてけって言われて、はいそうですかってわけには……。
女1　いいですか、イチカワさんが何て言ってました……?
女2　あなた、イチカワさんのこと知ってるんですか……?
女1　知りませんけど、そういう人の言うことはよく聞いといたほうがいいですよってことを言ってるんです……。あなたと、その入院しているお友達のことを、心配して言ってくれるんですから……。
女2　違います。あなたはイチカワさんのこともヨコタさんのことも……ヨコタさんというのは今入院している人ですが、知らないからそんなことを言うんです。いいですか、イチカワさんはね、私とヨコタさんの仲が悪いのを知ってて、どうせお見舞いなんか行かないだろうと思って、そう言ったんです……。なのに、何故私か行くかというと……。
女1　いいですから、ともかく行ったらどうなんです……。
女2　あなたねぇ、どうしてそんなに私を追い払いたがるんです……?
女1　何を言ってるんです。私かいつそんなことをしました……?　あなたがお見舞いに行かなくちゃいけないって言って、しかも急いでるって言うんで……。
女2　でも、あなた、私が行こうとしたら、この人に何か……。

下手より、巡査の格好をした男1が、自転車を引いて現れる。

男1　何ですか……？
女1　何でもありません。この人が今、病院にお友達をお見舞いに行くって言いますから、どうぞって、そう言ってただけですから……。
男1　困りますよ、こんな時間に、こんな場所で……。今、通報がありましてね、このあたりで何か騒いでいるからって……。
女2　騒いでいたわけじゃありません。今、そこで私、これを見つけまして、ここまで引っぱってきたら、この人がやって下さるって言いますからね、お願いしますって行こうとしたんですが、どうやって下さるかわかりませんでしょう……？　ですから、どうなさるんですかって……。
男1　（死体に近づき）死んでるんですか……？
女1　死んでますよ……。ですから、私、さっきそのことを確かめようとしたんです……。そうしたらこの人が引き返してきて、私が何か、ポケットの中のものを盗もうとしているんだと思って……。

女2　思ってません、そんなこと……。
女1　いいえ、現に今、そう言ったじゃありませんか……。
女2　私が言ったのは、何かをしようとしてましたねって……。
男1　やめて下さい……。しかし、いいですか、あなた方、これが死体だとするとですよ、このまま
こういうところに、こうしておくというのは……
女2　ですから、私もそう思ってここまで引っぱってきたんです……。
男1　引っぱって……？
女1　もちろん、そこからそこまでは、私も手伝ったんですけどね……。
男1　ただ、死んでるんですよ、この人は……。それがどういうことか、わかってますか……？
女2　だから言ってるじゃありませんか、私もそう思ったからこそ、ここまで引っぱってきたって
……。
女1　そこからここまでは、私もお手伝いしましたよって……。
男1　いやいや、私が言いたいのはですね、これが死んでるってことです……。
女2　わかってますよ、そんなこと……。だからこそ……。
男1　ちょっと、待って下さい……。
女1　何を言いたいんです、あなたは……？
男1　ですからね、どう言えばいいのかなあ……。つまり、いいですか、これは、シ・ン・デ・ル

んです……。
女２　（女１に）何、言ってるの、この人……？
女１　（女２に）つまり、私たちがこの人のことを、死んでると思ってないと思ってるんですよ……。
男１　いやそうじゃなくて……。死んでると思ってると思ってますよ、死んでると思っているかもしれないとは思ってますけれども……。その場合の、エッ、死んでるのっていう、そういうのがないような気がするんです、あなた方には……。
女１　だって……もう死んじゃってるんですよ、この人は……。
女２　私がそこで見つけた時、もう死んでたんです……。
男１　いや、わかりますけどね……ただ、死んでるってことは、ほかのことじゃないんですから……ね、そこでビックリして……。そうなんだ、あなた方ビックリしてないんですよ……。
女１　（平然と）ビックリしてますけど……。
女２　ビックリしたからこそ、このままにしておいちゃいけないと思って……。
男１　ホラそれです、それがおかしいって言ってるんですよ、私は……。もしそこでビックリしたとすれば、茫然自失(ぼうぜんじしつ)となって、どうしていいかわからなくなるはずなんですから……。
女２　（大声で）じゃ、あなたは、そこでこれ見つけた時、何もしないで放っとけって言うんですか……？

男1　（周囲を気にしつつ）そうは言ってないじゃないですか……。ただ、もしそこで本当にビックリしていたとしたら、何も出来なかったに違いないって言ってるんです……。
女2　つまり、私はビックリしなかったって言うんですね……？
女1　ビックリしなかったら、どうなんです……？
男1　そりゃ、ビックリしなかったからって、どうなるもんでもないですけども。でも、人が死ぬってことはそういうことではないんですかって、言ってるんです……。だって、今まで生きてたものが、死んじゃうんですから……。これは、大変なことですよ。それを、あなた、これ、死んでるんですか、ええ、死んでますよって、さり気なくやられちゃったら、こいつだって立つ瀬がないじゃありませんか……。
女2　でも、ね……（と女1に同意を求め）この人だって別に、ビックリしてもらいたいと思って死んだわけじゃないんですから……。
男1　何を言ってるんだ……。
女1　あなたこそ何を言ってるんです。私たちの何が不満なんですか……？
男1　冗談じゃないよ。大人しく言ってりゃつけ上がりやがって、いいかい。少なくとも人がひとり死んでるんだからな。死体だよ、これは……。そりゃ、そうさ、こいつだって別に、ビックリしてもらいたいと思って死んだわけじゃないさ。しかしね、してやれよ、ビックリくらい。死んだんだから。俺だって、そうだよ。そりゃ、ビックリしてもらいたいと思って死ぬんじゃないけどね、死んだらやっぱりビックリしてもらいたいよ。だって、死んだんだから……。あらそうって、通りすぎてもらいたくないよ。それを、何だい、そこいらに荷物が落ちていたみたいに、引きずってみたり、お友達のお見舞いに行かなければいけないからって、人に預けてみたり……。

女2　いいじゃないの……。

男1　よくないよ。何度も言うようだけどこれは死体なんだ……。

女1　私がその係だからよ……。

男1　何……？

女1　私がその係だから、この人はこれをここまで引っぱってきて、私に預けたの……。

男1　係って……？

女1　（木札を示し）書いてあるでしょう、死体処理係って……。

男1　ここが……？

女2　そうよ……。それじゃなくちゃ、私、こんなところに置いてかないわ……。

やや、間……。男1、きつねが落ちる。

女1　何か、問題……？

男1　いやいや、それを先に言って下さいよ……。いやだなぁ……。あなたが死体処理係で、だからあなたがこれをあれしたんだとすれば、それはもう、普通のあれなんですから……。
女1　（木札を示して）これは、さっきからここに出てましたよ……。（書類を出し）記録もちゃんと取ってありますし……。
男1　なるほど、そういうことでしたら……。
女2　じゃ、私、いいかしら、行っても……。
男1　（書類を見て）はい、わかります、七月十五日、死体一と……。（見て）一ですね、確かに……。
女2　一です……。
男1　ただ、ひとつ言わせていただければ、名前を書いといたほうがいいかもしれません。
女1　名前……？
男1　届け出た人の……。
女1　ああ、そうね……。（女2に）いいかしら……
女2　ヤマモトです……、ヤマモト、マサコ、正しい子どもの子……。
女1　ヤマモト、マサコさんね……。
女2　（やや誇らし気に）正しい子ども。
女1　（書き込む）
男1　それでいい……。

女2　わかったわ。わたし、何か心残りだと思ったけど、名前を言わなかったせいね……。じゃ、急ぎますから……。（上手へ）
男1　じゃ、私も……。ごくろうさん……。（下手へ）
女1　（書類をパタンと閉じ）本当に、やってられないわ……。今夜が仕事はじめだっていうのに、初日からこんなじゃ……。でも、そうなのよね……（と、死体を見て）これどうやって処理すればいいのかしら……？

《暗転》

混沌　そのつぎ

登場人物

男1

男2

男3

女1

女2

少年1

少年2

少女1

少女2

夜。上手より男1が現れ、居間の上手より部屋に入る。部屋の中は暗い。

男1　ただいま……。(下駄を脱ぐ)

上手より少年2、現れる。

少年2　お帰りなさい……。

男1　(家を間違えたかと考え) 失礼……。ウエダですが……。

少年2　ここです……。

男1　ここ……? (あたりを見まわす)

少年2　ミヨちゃん、来たよ……。

下手より少女1、現れる。手首に包帯。

少女1　ここの人……?

少年2　そうみたい。今、ただいまっって入ってきたから……。

男1　何だい、君たちは……?

少女1　何でもない……。
少年2　ミヨちゃんですよ、リストカッターのミヨちゃん……。
男1　リストカッター……?
少年2　ほら、そこに包帯巻いてあるじゃないですか。(少女1に)に見せてやりなよ、この小父さんに……。
少女1　馬鹿なこと言わないで……。(男1に)どこ……?
男1　何が……?
少女1　いつも座ってるとこは……?
男1　ナミ子……。(少年2に)あれはどうした、ここにいた……。
少年2　小母さん……?　二階ですよ。(奥へ)小母さん、小父さんのお帰り……。
少女1　(部屋をのろのろと歩きまわりながら、ソファを示して)ここじゃない。いつもはこのあたりに座って……。(座ってみる)

下手より、女1、現れる。

女1　あらお帰りなさい……。お食事は……?
男1　済ませてきた……。何だい、こいつらは……?

女1　よくわからないんですけどね、誰かオトモダチを待ってるみたいなんですよ……。
男1　オトモダチを待ってる……?
女1　何か、タケシさんとか……。（少女1に）あなたもそうなの……?
少年2　ミヨちゃんはね、カンシ……。
女1　カンシって、何……?
少年2　ですから、僕が待ってる間に変なことになったらいけないって……。
男1　ちょっと待て。何なんだい、一体、これは……?
女1　だから、わからないって言ってるじゃありませんか……。お茶でもいれます……?
男1　いいよ、お茶なんか……。だってもう夜中だよ。君たち、どこなんだ、家は……?
少年2　（少女1に）どこかってさ、家は……?
男1　君に聞いてるんだ。どこなんだ、家は……?
少年2　ありません……。
男1　ありません……?
女1　出てきたんですって……。（少年2に）もう一週間……?　お家に帰らなくなってから……。
男1　追い出せ……。
女1　さっきからそう言ってるんですけどね、ここは私たちの家だから出ていってちょうだいって……。

少女1　（茶ダンスの上の皿を手に取って）これは、何……？

男1　触るんじゃない。それはうちの社の五十周年記念の……。（近づく）

少女1、ガシャンとそれを床に落として壊す。

女1　その子にかまっちゃ駄目よ、その子、手首切る子なんですから……。

（掃除道具を出し、壊れた皿の片づけをはじめる）

男1　警察に電話しなさい……。

少女1　（少年2に）しないよ、電話は……。

少年2　しちゃいけないって言ってます、電話は……。

男1　（女1に）手首切る……？

少年2　リストカッターですよ、そう言ったじゃありませんか……。

女1　ですから、あなた、あまり荒立てないで、この場は……。

男1　だけど、何なんだい、一体、これは……？（言いながら座る）

少女1　やっぱり、そうじゃない……。この人はここに座るんだよ、いつもは……。

男1　……。（立つ）

少年2　いいんです。そう言っただけなんですから、ミヨちゃんは……。それというのも、ミヨちゃん、どこの家でどの人がいつもはどこに座るのか、とても気にしているからですよ……。
男1 （やむなく座り）お前は、どうなんだ……？
女1 何ですか……？
男1 わかってるのか、今、ここが、どうなっているのか……。
女1 ですから、言いましたでしょう、タケシって子が来るんで、それまでこの子たちここで待つんです……。
男1 タケシって、誰だ……？
女1 知りません……。
男1 どうしてそれがここへ来るんだ……？
女1 知らないって言ってるじゃありませんか。ともかく、この子（少年2）がそれを待ってて、あの子（少女1）が……、（少年2に）ねえ、何してるって言ってたかしら……？
少年2 カンシ……。
女1 カンシしてるんです……。
少年2 ですから、僕がお婆ちゃんを殺したりなんかしないように……。
男1 殺す……？
少女1 チューインガム……。
少年2 ないよ……。

少女1　チューインガム……。
少年2　だけどこれは最後の一つで、明日の朝、また歯をみがけないからね……。
少女1　チューインガム……。
少年2　（出して渡す）
少女1　（手に取って、むきながら）お前、胃が悪いんだよ。それ治さない限り、いくらガムかんだって、口くさいよ……。（包装紙を捨てる）
少年2　（それを拾い）だけど僕はただ、せっかくこの家にいるから、いくらかでもこの家の人たちのためになることをしようと思って言ったんですけどね……。その……お婆ちゃんを殺そうかって言ったのは……。
男1　（女1に）お婆ちゃんて、うちのおふくろのことか……？
女1　じゃないかしら……。（少年2に）あなた、殺したの……？
少年2　いえ、殺そうかって言ったら……（少女1を指して）駄目だって言われたんです……。
男1　どこにいるんだ、おふくろは……？
女1　部屋だと思いますけど、ちょっと見てきていい……？（と少年2に）
少年2　駄目……（少女1に）だね……？
男1　何を馬鹿なことを言ってるんだ……。（立ち上がって）お婆ちゃん……。（と下手へ）
女1　あなた……。

少年2　切るよ……。
男1　（立ち止まって）切る……？
女1　ですからね、あなた、ちょっとここのところは、この子たちにまかせて……。
男1　馬鹿なことを言うんじゃない、ここは私の家だよ……。

少女1の携帯電話が鳴る。

少女1　（電話に）はい、もしもし、うん（と、男1を見て）いるよ、これがそうみたい……。だって、今ちょっと前に帰ってきたんだから……。
男1　誰なんだ……？
少女1　わかった……。今、どこ……？　ときわ橋って言ったら、交番とこ……？

下手より女2現れる。

女2　何だい……？
女1　お婆ちゃん……。
女2　この家（うち）は、いつになったらお夕食になるんだい……？

女1　だって、今夜はコウジさんが帰らないからって、さっきおにぎりとおみおつけ、部屋に持ってってあげたじゃありませんか……。
女2　食べさせてくれないいんだよ、ヨシオさん、毒が入ってるって言ってね……。
男1　毒が入ってる……？
少年2　ヨシオさんじゃなくて僕ですよ、毒が入ってるかもしれないって言ったのは……。その前に、この小母さん、お婆ちゃんが毎日食べるばっかり言ってるって言ってたもんで……。
女1　私、言ってませんよ、そんなこと……。
少年2　小母さんは言ってませんけど、お婆ちゃんが言ってたんですよ、小母さんがそう思ってるって……。
女1　ちょっと待ってちょうだい、私、そんなこと思ってやしませんけど、でも、思ったとして、どうして私がお婆ちゃんのおにぎりに毒を入れるの……？
少年2　うるさいから……。
女1　うるさい……？
女2　でも、私、お夕食の時間にお夕食と言っただけで……。
男1　お婆ちゃん、いいから、黙ってなさい。どういうことなんだ、これは……？
女1　わかりませんけどね、お婆ちゃんが食べることばっかり言ってうるさいから、私がおにぎりに毒を入れたって言うんですよ、この子は……。

少年2　でも、僕もうるさいと思いましたよ。その前に僕、ポッキーを分けてあげたんですけど……。
女2　たった、三本じゃないの……。
少年2　四本です……。
女2　三本よ……。
男1　やめなさい……。
少年2　なのに、おにぎりおにぎりってうるさいんですから……。
少女1　（電話に）タケシ……？　まだ来てないみたいだけど、ちょっと待って、カズが今、殺しはじめるみたいだから……。
女1　（少女1に）あなた、誰と話しているの……？
少女1　（少年2に）誰、やるの……？
少年2　このお婆ちゃんだけど、さっきやろうかって言った時は、駄目って言ったじゃないか……。
少女1　だって、この人（女1）が殺したがってるからって言うんだろう……？　弱いよ、それじゃ……。
女1　ちょっと待ってちょうだい、何なんです、それは……？
男1　だから、おかしいだろう……？　いいか、君たち、殺すの殺さないのって、そういうあれじゃないんだから、ここは……。
少女1　（電話に）え……？　着いた……？

上手より少年1、携帯電話で話しながら現れる。そのまま、居間へ。

少年1　トウチャク、トウチャク……。
少女1　何が見える……？
少年1　お前が見えるよ。それから、オヤジとオバハンとカズとお婆ちゃん……。
少女1　私、どう……？
少年1　それらしく見えるよ、リストカッターのミヨちゃん……。
少年2　僕は……？　僕はどうだって……？
少女1　カズはどうかって聞いてるよ……。
少年1　カズは駄目……。そんなんじゃタケシは来ないよ……。
少年2　でも……。
少女1　でも、殺しをやるんだよ……。
少年1　やれっこないさ……。何か、記念にもらってっていいかな……。
少女1　いいよ……。

少年1　これ、いただき……。（と、茶ダンスの上の置時計を持ち）ツーカチュウ、ツーカチュウ……。（と言いながら、下手に去る）
男1　あいつだ……。
女1　何です……？
男1　あいつだよ。どこかで見たことがあったような気がしたんだが、出がけにそこで会ったんだ……。
女2　何で通るの、あの子は……？
少年2　だって、通過中って言ってたじゃないですか……。
女2　でも、さっきもよ。しかも靴はいたまんまで……。
女1　あなた、あれはいいんですか……？
男1　何が……？
女1　あの、時計……。あなたが退職した時にいただいた……。
男1　（少女1に）どうしたんだ……？
少女1　記念……。あれ持ってれば、あの子がここ通ったってことがわかるからね……。
（電話に）いいよ……。そのあたりにいて、怪しいのがいたら追いかけて……。
男1　いいかい、何でもいいからちょっと話し合おう……。
少女1　（少年2に）殺して……。

少年2　殺してって、（男1を示して）これを……？
少女1　そう……。
男1　馬鹿なことを言うんじゃない……。
少年2　でも、何故……？
少女1　女がいるんだよ……。今夜も、その女に会いに行ってたのさ……。みんな知ってる……。そのお婆ちゃんも、この人（女1）もね……。
男1　そうだとしても、それはこっちの問題だよ……。君たちにあれこれ言われる筋合いのことじゃない……。
少女1　（電話に）いいよ、追いかけて……。うん、どこかわかったら教えて……。（少年2に）でも、この人（女1）は殺したいと思ってるよ。だって、もう会社やめて退職金もらっちゃったし、後はぶらぶらしてるだけなんだから……。
少年2　（女1に）そうなんですか……？
女1　もうやめましょう。あんたたち、何でそんなこと知ってるのか知りませんけど、余計なことに鼻突っ込むのはよしてちょうだい……。少なくともこれは、殺すとか殺さないとかいう問題じゃないんですから……。ね、せっかくですからお茶にしましょう。それ飲んだら帰ってちょうだい。（お茶の用意をはじめる）
男1　でもね、お前、あいつとは確かに、一時期そういうこともあったけど……。

女1　いいじゃありませんか、もうそのことは、わかってるんですから……。
男1　いいけどね……、お前がそこまで思っているとは知らなかったから……。
女1　何です、そこまで思ってるって……？
男1　だから、私を殺そうと……。
女1　馬鹿なことを言うのはよして下さい。この子たちですよ、私がそう思ってるって言ったのは……。私は、まさか……。ヤスエが会社をやめてオーストラリアへ行った時だって……。
少女1　（少年2に）その時思ったんだ、殺そうってね……。
男1　ヤスエは、私とあの女のことで行ったのかオーストラリアへ……。
女1　当たり前じゃありませんか、そうじゃなくて何で突然オーストラリアへなんか行くんです……。もっとも、私も後になってそれを知ったんですけど……。
女2　私が言ったんだよ、ヤスエにはね……。（女1に）違うよ。最初はお前さんに言おうと思ったんだけど、いきなりじゃ何だからね、ヤスエに、どうしようかって相談したら、ヤスエのほうが顔色を変えて……。
少女1　（少年2に）ね、この人が婆さんを殺すとしたら、そのことだよ。何で息子の浮気を、嫁にではなくその娘に話すんだい……？
女1　やめましょう……。もう本当にやめてちょうだい、殺すの殺さないのって……。こういうことはね、あなたたちは知らないかもしれませんけど、普通の家庭に普通にあることなの……。

女2　でも、私はね、今も言ったように……。
女1　やめてちょうだいって言ってるじゃないの……。
少女1　（少年2に）ほら、少しそれらしくなってきたよ……。
女1　ごめんなさい……。お茶が入りましたよ、クッキーが、これ少し古いものだけど、大丈夫よ、手焼きですからおいしいと思うわ……。

男1、席を立つ。

女1　あら、どちらへ……？
男1　トイレ……。
女1　それじゃ、こっちへ来る時にお台所のガスレンジの横にあるポットを持ってきて下さい……。これ、もうなくなったから……。
少年2　僕が取ってきます……。
女1　いいのよ、あなたじゃわからないかもしれないから……。（少女1に）あなたたち、どう……？　電話なんか切って……。
少女1　（電話に）駄目よ。ついていってどこに住んでるかだけ確かめるの……。やるときには誰か呼ばないと……。ダイスケ……？　ダイスケね……。呼んでみる……。（電話を掛け直す）

女1　あなたたち、一体何をしてるの……。

女2、立つ

女1　お婆ちゃん、何……？
女2　バターを取ってこようと思って……。
女1　バターなんてよしなさい、これは手焼きのクッキーで……。

奥でガタンガタンと音……。続いて、うめき声……。ゆっくりと少年2が、フキンで巻いた出刃包丁を持って現れる。

少年2　やってきた……。
女1　やってきたって……？
少年2　トイレで、ここにいた……。
少女1　死んだの……？
少年2　だと、思う……。
女1　だって、何故……

少年2　女がいたから……。
女1　お婆ちゃん、見てきてちょうだい……。
女2　でも、お前……。
女1　私は駄目なのよ。どういうことなのかわからないの……。（椅子に座りこむ）
女2　トイレ……？
少年2　こっちですよ……。

女2と少年2、下手へ去る。

少女1　（電話に）ダイスケ……？　今、ヒロがね、おかしいの追っかけてるって言うから、カモってくれる……？　うん、ヨコヤマ町の児童遊園のあたり……。そう、ヒロの携帯の番号知ってるね、それにつなげて……。え……？　そこに何人いるの……？　それじゃ、残り、こっちへまわして……。ヒロが知ってるから……。うん……。カズが働いてね、記念品取り放題……。
女1　あなたたち、何やってるの……？
少女1　セイソー……。
女1　セイソー……？
少女1　オソウジ……。

下手より、少年2、やはり出刃包丁を持ったまま、現れる。

少年2　やったよ……。

少女1　お婆ちゃんを……？

少年2　うん……。

上手より、男2が巡査姿のまま、現れる。居間には入らずその手前で……。

男2　こんばんは……。すみません、こんな時間に……。今、通報がありましてね、ここから、何か変な男が入りこんだようだって……。

女1　（少年2を指し）逮捕して下さい。うちの主人を殺したんです……。

男2　殺した……？

女1　ええ、そこのトイレのところに死体があるはずです……。

男2　何故……？

少年2　ここのオヤジさんが女を作ったんですよ。それでそのことを、お婆ちゃんがこの人に知らせなかったんです。それでこの人が、二人を殺したかったんです……。

女1　何とかして下さい、お巡りさん。私はね、この子たちが私のことをそんな風に考えてると思うだけで……。

上手より、四、五人の少年たちがガヤガヤと騒ぎながら現れ、いきなり居間になだれこんでくる。《ココダ、ココダ、キネンヒントリホウダイ、ナンデモモラッテイイノカナ……》

男2　君たち、何をするんだ……。
少女1　全部、持ってっていいよ……。

少年たち《コレモカイ、コレモネ……》などと口々にはしゃいで言いながら、男2の止めるのも聞かずに、そのあたりにあるものをあらかた運び出してしまう。ひと嵐すぎ去ると、あたりにはほとんど何もなくなり、少女1と男2と、椅子にぼんやり座った女1のみになる。

男2　どうしたんです、これは……？
女1　そうなんですよ、私も今、それを考えているんです、どうしたんだろうって……。

電話が鳴る。少女1が取る。

少女1　もしもし、ウエダです……。はい……、ちょっとお待ち下さい……。（女1に）オーストラリアからですよ……。ヤスエさんです……。

女1　いないって言って下さい……。今、ここには誰もいないって……。

少女1　（電話に）すみません、今、ここには誰もいないんですよ……。（切る）さようなら……。（下手へ）

女1　タケシって子はどうしたの……？　その子が来るはずじゃなかったの……？

少女1　来ますよ、待ってて下さい……。

少女1、下手に去る。男2と女1、そのまま残って……。

《暗転》

ブランコ

登場人物

男

女

天からブランコが垂れ下がっている。旅行カバンを持った男が、上手より現れ、ブランコを見て立ち止まり、カバンを置いてブランコに乗る。用心深くあたりを見まわしてからである。ブランコをゆらす。

上手より乳母車を押した女が現れ、ブランコを見てその順番を待つように立ち止まる。

男　（ゆらすのをやめ）乗りますか……？

女　乗りません……。（乳母車の中に）ね、まだいいわよね……？

男　でも、もし何でしたら使って下さい。私も通りがかりに……、空いていたものですからね……、ちょっと乗ってみただけで……。

女　それ、あなたのですか……？

男　それって、このブランコのことですか、違いますよ。今、言ったじゃないですか、見たら空いていましたからね……。

女　私たち、朝一番に取ってあったんです、私たちって言うのはこの……（と乳母車の中を指し）ヤエコと私のことですよ……。

男　わかりました。すみません、どうぞお使い下さい。てっきり空いていると思ったもんですから……。

女　番号札を持ってますか……？

男　いえ、何ですか、その、番号札と言うのは……？
女　これです（と、ハンドバッグから出して見せ）千八百十二番てありますでしょう。これが今日の番号なんです。つまり、これより若いと、私たちより先に乗れますし、大きいと、私たちの後になります……。失礼ですけど、あなたのは……？
男　いやいや、ありません。通りすがりですから……。
女　あなた、それじゃ、番号札なしで乗ろうとしてたんですか……？
男　乗ろうとしてたなんて、ただここに座ってぶらんと……。
女　ぶらんと、何……？
男　こう、ぶらんと……。
女　こいだ……？
男　一回だけですよ……。
女　一回でも何でも、あなたは乗ろうとしたんじゃなくて乗ったんです、番号札なしで……。
男　すみません。知らなかったもんですから。
女　冗談じゃありませんよ……。
男　わかりますが、どうでしょう、今回ははじめてということで、今後はもう充分に気をつけるということで、何とか……。
女　何とかどうしろって言うんです……？

男　穏便に……。
女　オンビン、ということは、あなたのことをこのまま管理委員会にも知らさずに……？
男　管理委員会なんて、あるんですか……？
女　ありますよ、あなたみたいな人がいるんですから……。もう間もなく（と、時計を見て）定期巡回でやってくると思いますけど、そうしたらどうすればいいです……。
男　ですから、大変恐縮ですが、そんなことはなかったと……。
女　あなた、ブランコに乗らなかったんですか……？
男　いえ、乗ったんですが……。
女　乗ったんですね。ここにブランコがあるのを見つけて、誰にもとられまいとしてここにそのカバンを置くと、土足でブランコに飛び乗り、思いきり一回、二回、三回とこいで、こっちから私が出てきて、やめて下さいと言うと、飛び降りてきて私の胸ぐらをつかみ、生意気を言うなとわめきながら、足払いをかけて私を地面に倒したんです……。そして足で蹴って、ツバを引っかけて……。

やや、間……。

女　その上、ヤエコにまでわめきちらして……。私が定期巡回でやってきた管理委員会のスミダさんに話すと……。

やや、間

男　チガイマスヨ……。
女　どこが違うんです……？
男　だって私は、通りかかってちょっとあれしたってだけじゃないですか……。
女　あなたが、委員会の前でウソをつくだろうことは、予想してました……。
男　何がウソです。あなたじゃないですか、今みたいなウソを並べたてたのは……。
女　いいです。それじゃ、あなた、委員会にあなたのウソを並べたててみて下さい。私は私の見た事をありのままに話します。どちらが正しいか、委員会が決めてくれますよ、きっとね……。
男　勝手にしろ……。

男、早足で下手へ。女、乳母車の中から手持ちのスピーカーを出し、それで周辺に呼びかける。

女　コトブキ町内の皆さん、至急集まって下さい。現在、コダマ児童遊園のブランコを、許可なしに使った中年男性が、駅方面に逃げようとしてます……。至急集まって拘束して下さい……。
男　（立ち止まって）やめましょう……。
女　コトブキ町内のお母さんがた……。
男　わかりました。もう行きませんから、それやめて下さい……。
女　勝手にしろって言ったんですよ、あなたは今……。
男　もう言いません……。
女　そうして下さい。（スピーカーをしまって）もちろん、それで何かの片がついたというわけでもありませんが……。
男　あの……、こういうこと、申し上げていいかどうかわかりませんけど、私から、ですから罰金のようなものを、お払いするというのはどうでしょうか……？
女　……。
男　いやいや、そんなに沢山じゃありませんよ。持ち合わせもありませんしね。実は私は、男性用の下着と靴下のセールスをしておりまして、このトランクにはそのサンプルしか入っていないんです……。
女　あなた……。
男　何です……。
女　私のこと、娼婦だと思ってるんですか……？

男　とんでもない。

女　それじゃどうしてお金を払うなんて言うんです……？

男　言いませんよ、そんなこと……。

女　三万円でどうだって言うのは、そのためのお金だと思いましたけど……。

男　やめて下さい……。

女　（上着を脱いで、それを地面にこすりつけて）どうしてここに土がついたか、わかります？ あなたが私に足払いをくらわして、倒れた私を引きずったからですよ。

男　ちょっと待って下さい。何が何だかよくわからないんですけどね、今、三万円払えって言ってるんですか……？

女　言ってません。こうしたことは、必ず後で問題になりますから（と、ハンドバッグからノートを出し）書いておいて下さい。

男　書く……？

女　あなたが三万円でどうだと言って……。

男　言いませんよ、そんなこと……。

女　私が、出るとこへ出てハッキリさせますと言うと、あなたが十七万三千円でどうかと言うんですが、この十七万三千円というのは何です……？

男　十七万三千円……？

女　それなら払えるって言うんです……。

男　でも、何のお金ですか、それは……？

女　知りませんよ、そんなこと。あなたが言い出したんですから……。（ノートを出して）書いて下さい……。

男　書くって……。

女　書いとかないと、後であーだこーだ言い出された時に困りますからね。ともかく書いてもらって、そうしたら私、その後に、十七万三千円じゃなくて、本当は百七十三万円ですと……。書いて……。

男　（書くのを止め）何なんです、それは……？

女　だって、よくあることじゃありませんか、桁をひとつ間違えてるんですよ……。

男　冗談じゃありません。百七十三万円……？　その前の十七万三千円だって、私、払うつもりありませんから……。

女　どうして払わないんです……？

男　だって、何のお金なんです……？

女　知りませんけど、あなたですよ、お金で解決出来ることならって言い出したのは……。

男　私が……？

女　ほかに誰がいるんです。しかも、保証人までつけてもいいって言ってるんです。

男　私が……？
女　ほかに誰がいるんです。ちょうどこの街にいい人がいるからって……。
男　誰がそんなことを……？
女　あなたですよ……。
男　私が……？
女　ほかに誰がいるんです……。

やや、間……。

男　（乳母車に近づき、中の人形をつかみ出し）これは何です……？
女　ヤエコです……。
男　人形じゃありませんか……。
女　本当のヤエコは、このブランコから落ちて死にました……。ほかにもいますよ、これから落ちて死んだ子は……。私たちが行ってしまっても、また次がくるでしょう。誰も、ここから逃げる事は出来ません。このブランコはそのためにあるんです。

女、下手に去る。男、立ちつくす。

手術中

登場人物

男1

看護婦

手術台に男1が横になっている。

男1　先生、先生……。

上手より看護婦現れる。

看護婦　何ですか、タナカさん……。

男1　先生はどうしたんです……?

看護婦　来客中です……。

男1　だって、手術の最中ですよ……。

看護婦　しょうがないじゃありませんか、奥様なんですから……。

男1　奥さんならよけいわかりそうなもんじゃありませんか、手術中ほかのことに構ってはいられないことくらい……。

看護婦　離婚協議なんですよ……。

男1　それがどうしたって言うんです。すぐ呼んでください……。

奥で《ギャァ》と悲鳴

看護婦　今、奥さんが先生を刺しました。呼びますか？

身ノ上話

登場人物

男1

男2

電信柱とベンチ。上手より男1が、下手より男2が現れる。男1は椅子を持ち、男2は新聞を持ち、それを拾い読みしている。

男1　（すれちがいながら）ちょっと、いいですか……？
男2　駄目……。（行こうと）
男1　（つかまえて）待ってください。何が駄目なんですか……？
男2　金を貸してくれって言うんだろう……？（振り払って）駄目……。（行こうと）
男1　（つかまえて）お金貸してくれなんて言ってやしないじゃないですか……。
男2　わかった。煙草持ってませんかって言うんだ。持ってたら一本めぐんで下さいって……。
男1　違いますよ……。
男2　食いもんだな。三日前から何も食べてません。腹の足しになるものなら何でもいいですから……。
男1　馬鹿なこと言わないでください……。
男2　飲みものだ。それだよ。コーラかペプシの飲み残しでもありましたら……。
男1　何で人にそんなにものをくれたがるんです……？
男2　やろうって言ってるんじゃない。やらないって言ってるんだ俺は……。
男1　そうじゃなくて、ちょっと私の話を聞いてくれませんかって言ってるんです。私は……。

男2　駄目……。（行こうと）
男1　（つかまえて）なぜ……？
男2　お前なんかに話すことはない……。（振り払おうと、もがく）
男1　（なおもつかまえつつ）あなたが話すんじゃなく、私が話すんです……。
男2　（もがきながら）聞きたくない……。
男1　（つかまえつつ）ともかく、聞いてみたらどうなんです……？　聞いた上で聞きたいかどうか……。
男2　（もがきつつ）なんの話だ……？
男1　（つかまえつつ）私の身ノ上話……。
男2　（もがくのをやめて）馬鹿か、お前は……。
男1　何ですか……？
男2　何ですかじゃないよ。俺とおまえは何なんだ……？
男1　何でもありませんよ……。
男2　何でもないいんだよ。お前がそっちからきて、俺がこっちから来て、今ここですれ違っただけなんだから……。その俺がどうしてお前の身ノ上話なんか聞かなくちゃいけないんだ……。
男1　すれ違ったとたん、あ、この人に話したいって思ったんです。
男2　思ったって……いいけどね、俺は思わないいんだから……。（行こうと）

男1　（つかまえて）思ってください……。
男2　（もがいて）思わないよ……。
男1　（つかまえつつ）何故ですか……？
男2　（もがいて）何故も何も……いいから、お前、ちょっと放せ……。
男1　放せば逃げるんじゃありませんか……
男2　逃げないよ……。逃げないからね……（と、やっと放され）何て奴だ……。お前、おかしいって言われてないか、みんなに……？
男1　言われてませんよ。（椅子を置き）健全な社会人だと思われてます……。ここに座ってください……。
男2　座ってどうするんだ……？
男1　座って聞くんですよ。立ったままじゃ疲れますから……。
男2　待てよ、俺はまだ聞くなんて言ってないぞ……。
男1　聞きますよ……。
男2　お前、ねえ……。
男1　ともかく座ってください……。
男2　それじゃ、まぁ、聞くけどね……（やむなく座り）ちょっとだけだぞ……。俺だって忙しいんだから……。

男1　それでいいです……。（ベンチに横になって、肘をつく）
男2　お前……。
男1　何ですか……？
男2　何だ、その態度は……？
男1　これがどうしたって言うんです……？
男2　お前がそこでそうやってて、俺がここにこうしてたら、俺が聞いてやるんじゃなくて、お前が聞かせてやるみたいに見えるじゃないか……。
男1　そのどこがいけないんです……？
男2　やめた……。（と、立ち）冗談じゃないよ……。（行こうと）
男1　（追いかけて、つかまえ）待ってください……。
男2　（もがいて）お前が聞かせてやるんじゃなくて、俺が聞いてやるんだ……。
男1　わかりましたよ……。（と、言いながら男2を倒し、それに馬乗りになりながら）それじゃ、これでいいですか……？
男2　これでって、何だ……？
男1　このまま話しても……？
男2　馬鹿言うな。どけ、そこを……。
男1　どいたら逃げるでしょう……？

男2　逃げないよ……。

男1　それじゃいいですけどね……（と、立ち上がり、男2を起こしてやり、椅子を示し）そこに座ってください……。

男2　おかしいよ、お前は……。（と、言いながら椅子に座り）どこが健全な社会人だ……。

男1　（立って、歩きながら）それでは始めます。私が生まれたのは……。

男2　ちょっと待て……。

男1　何ですか……？

男2　お前、いま、いくつだ……？

男1　四十二です……。

男2　四十二の身ノ上話を生まれた時から始められちゃかなわないよ……。生まれた時に何かあったのか……？

男1　ありませんよ……。

男2　フツーなんだな……？

男1　フツーです……。

男2　フツーはとばせ……。

男1　フツーに生まれまして、フツーに育ちまして、フツーに小学校に入学しまして、フツーに小学校一年生となりまして、フツーに小学校二年生となりまして……。

男2　フツーはとばせって言ってるだろう……。
男1　とばしてるじゃないですか。
男2　言わなくていいんだ、普通のところは。
男1　縛っていいですか……。（腰につけた細引きを出す）
男2　縛る……？
男1　あなたが何か言うたびに、逃げ出しそうな気がして（縛りはじめる）落ち着いて話せないんです……。
男2　お前、ねえ、そこがおかしいって言ってるんだよ、俺は……。逃げないって言ってるんだから……。
男1　身ノ上話ぐらい、落ち着いてしゃべりたいじゃないですか……。
男2　わかったから、早いとこやっちゃってくれ……。
男1　フツーに小学校の……。
男2　フツーは言うなって言ってるだろう。
男1　では、中学校になりますが……。
男2　何かあったのか、中学の時に……？
男1　フツーです……。
男2　じゃ、いいよ……。

男1　高校生になりまして……。
男2　いいか、お前、いちいち順序追わなくてもいいから、何があったのかだけ話せ……。
男1　ですから、高校生になって高校に入って……。
男2　それで……？
男1　で、そこを卒業して大学に入りまして……。
男2　だったら言うなって言ってるだろう。高校を卒業して大学に入るなんてフツーだよ。高校卒業して小学校に入ったならビックリするけどな……。
男1　あなた、ビックリしたいんですか……？
男2　したかぁないよ。したかぁないけども、お前の身ノ上話なんだから、フツーの人間のフツーのあれとどこが違うのかってとこを聞きたいじゃないか……。
男1　どこも違わないんです……。
男2　違わない……？
男1　ええ、フツーに大学を卒業して、フツーに就職して、フツーに結婚して、フツーに子どもが生まれて、その子どもがまたフツーに小学校に入って……。
男2　やめろ……。
男1　でも、事実なんですから、これが……。
男2　じゃ、話すことなんて何もないじゃないか。

男1　そうですけど、こんなにフツーなんてフツーじゃないんじゃないですか……？
男2　知るか、そんなこと……
男1　私は考えるんですよ。どうして私はこんなにフツーなんだろうって……。そして、誰かに話したかったんです。それがあなただったというわけです……。失礼しました……。ねえ、本当にいいんでしょうか、こんなにフツーで……。（下手へ）
男2　おい、待て。これ解いてけ。おい、お前……。お前、フツーじゃないぞ……。おい……おい。それとも……それとも俺のほうがフツーじゃないのかな……？

椅子に縛られた男2、一人残されて……。

《暗転》

狩猟時代

登場人物

男1

男2

男3

舞台やや下手に電信柱が一本。上手にベンチとバス停の標識。
男1が下手から現れ、ベンチに座る。ほとんど同時に上手より、手に手製の弓と矢を持った男2が現れる。

男2　（ベンチの後ろをまわって行き過ぎてから振り返り）このあたりで猫、見かけませんでしたか……？
男1　猫……？　いや……。
男2　おかしいな……。（ベンチの下をのぞきこみ）確かこのあたりで鳴き声がしたんですが……。
男1　（立ち上がって）どんな猫です……？（と、これもベンチの下をのぞく）
男2　どんなかはわかりませんけどね。声聞いただけですから……。
男1　お宅の猫じゃないんですか……？
男2　違いますよ。じゃ、犬はどうです……？
男1　何ですか、犬って……？
男2　見かけませんでしたかって聞いてるんです……。
男1　見かけなかったような気がしますけどね……。（座る）
男2　最近はみんな用心して出さないようにしてるんですよ、家からね……。カンガルーでもいいんですが……。（と、ベンチに並んで座る）

男1　カンガルー……？

男2　そうです。アルマジロとか……。

男1　あなた、何なんです……？

男2　何って……？

男1　動物園の方ですか……？

男2　違いますよ（上手奥を指して）そこのタケダです……。

男1　タケダさん……。

男2　ええ……。おや……（と、立ち上がって）今、聞こえませんでしたか、猫じゃなく、あれはハイエナかな……？

男1　何か、動物関係の仕事をしてらっしゃる……？

男2　まあ、動物関係って言えばそうですね、狩猟ですから。

男1　狩猟……？

男2　そうです。あなた、ちょっとここに居てくださいませんか……？

男1　（立つ）居る……？

男2　ええ、あのあたりにハイエナがいますからね、私がこう回りこんで、こっちへ追い込んできますから、ここにいてつかまえてください……。

男1　駄目ですよ……。

男2　なぜ……？
男1　だって、どうやってつかまえるんです、ハイエナなんて……。
男2　(弓と矢を渡して) これを貸してあげます……。
男1　何ですか、これ……。
男2　(弓に矢をつがえてみせ) これを、こうやって……。
男1　大丈夫かなぁ、相手はハイエナなんでしょう……。
男2　目と目の間をねらうんです。うんと近づけてからですよ……。
男1　でも、ちょっと待ってください。私、やったことないんです、こんなこと……。
男2　やらなくちゃいけません。そうじゃないと、食い殺されますよハイエナに……。
男1　でも、あなた、あなた……。

男1、下手に去る。遠く、ハイエナの吠える声。男1、ピクリとして弓矢を構える。下手より、男3、現れる。男1、構えを崩してベンチへ。

男3　狩猟ですか……？ (並んでベンチに座る)
男1　いいえ、そういうわけじゃないんですが……。(弓と矢を隠す)
男3　いいんですよ、生きていくためですからね。やってください……。

男1　やってくださいって、何を……？
男3　（目と目の間を指して）ここです。もうちょっと離れたほうがいいかな……。（と、ベンチ上でやや離れてみせる）
男1　あなたを……？
男3　そうですよ。だって、他には何もいないじゃないですか。
男1　でも、どうしてそんなことをしなくちゃいけないんです……？
男3　どうしてって……。それはこっちの言うことですよ。あなたがそれを私に向けて構えた時、どうしてそんなことをするんですって、私があなたに言うんです。そうでしょう……？　そうしたらあなたは、食うためなんだからしょうがないじゃないかって……。
男1　食うため……？
男3　たいていそう言うんです……。
男1　あなたを……？
男3　不味（まず）そうだって言うんですか……？
男1　いや、そうじゃなく……。
男3　不味（まず）いですよ、正直言って私は……。歳をとって肉は固くなっていますし、脂肪分だってほとんどありませんしね。でも、どうしてそんなことで私があなたに、あやまらなくちゃいけないんです……？

男1　ですから、そういうことを言っているんではなく、ですよ……。
男3　（いきり立って）あなた方人間は、やせて不味そうな豚を殺す前に、その豚をやせて不味そうで申しわけありませんって、あやまらせたいと思ってるんですか……？
男1　ちょっと落ち着いてください、何ですか、あなた方人間はって……？
男3　あなたタケダさんでしょ……？
男1　違います……。
男3　違う……？
男1　タケダさんなら今、そっちへ行きましたよ、ハイエナを追いかけて……。
男3　失礼しました……。じゃ、人間じゃないんだ……。
男1　私、人間じゃないんですか……？
男3　あなた、人間ですか……？
男1　人間……かな……？
男3　それです。私もそうですよ。人間じゃなくて、人間……かな……？　なんです……。
男1　それで、タケダさんは……？
男3　人間です。少なくとも本人はそう思っているそうですよ。このあたりではみんな迷惑してるんですから……。
男1　人間だからですか……？

下手より男2現れる。

男2　生け捕りですか……？

男1　何です……？

男2　（まわりこんで男1の上手に座り）出会いがしらにやっとかないと、やりにくんですよ。気持ちがかよったりしますからね……。

男3　（男1に）私のことです。来た時にすぐやりませんでしたでしょう……？

男1　だって、これですか……？　じゃなくてこの人ですか、あなたが追い込んでくるって言ったのは……？

男2　ほかに何もいないじゃありませんか……。

男3　（男1に）ね……？

男2　話しかけちゃいけないんですよ獲物には。あなた、話し相手を食べられますか……？

男1　食べるって……。食べませんよ、私は……。第一、この人、不味（まず）いって……。

男2　それがいけないんです。たとえ不味（まず）かろうと、それはこれから食べる相手に言う言葉じゃありません……。

男1　食べないって言ってるんです……

男2　じゃ、どうして殺すんですか……?
男1　殺しません……。
男3　でも……(弓と矢を示して)それ、持ってるじゃありませんか……。
男1　いや、これは…。(と、引っ込めるが、当然ながら男2のほうを向く)
男2　そっちですよ、私たちのハイエナは……。(と、逆に向けようとする)
男1　やめてください。(と、振り払うが、たまたまその矢の先が男2の腹に刺さる)
男2　うっ……。(と、それを受けて)どうも、こういうことになるかもしれないと思ってましたよ。この矢の先にはトリカブトが塗ってあるんです……。(ゆっくりベンチから崩れ落ちる)
男3　(男2を見おろして)これを、食べるんですか……?
男1　まさか……。
男3　(ゆっくり立ち上がり)食べないのに殺したんですね……。そういうことをするのは人間だけです……。あなたは人間ですよ、タケダさん以上にね……。少なくともタケダさんは、食べるためにしか殺さなかった……。

上手に去る。

もしかして

登場人物

男ー

少年ー

少女ー

下手に電信柱。上手にベンチ。電信柱に寄りそうようにしてホームレス風の男1が、紙にくるんだハンバーガーを食べている。もう一方の手に紙袋。上手より少年1と少女1が連れだってやってくる。

少年1　ねえ、もしかして僕が、あのベンチに座ろうかって言ったとしたら、君、どうする……？
少女1　あなたがあのベンチに座ろうかって言ったら……？
少年1　うん、もしかしてだよ……。
少女1　そうねえ……、でも、もしかしてあなたがそう言って、もしかして私がいいかもって言ったらどうすんの……？
少年1　座るんだよ。だって、座ると思うよ……。僕が座ろうかって言うのは、僕がそのつもりになっているからだし、君もいいかもって言うんだから……。
少女1　やっぱり……。（とベンチに近づいて）これ、汚くない……？　って、私、思っちゃうんだけど……。って、言うのはさ、私たちの前に、ホームレスか何かが座っていて……。
少年1　そうだとしてもだよ、ティッシュか何かを敷いてさ……。と言っても、君が持っている場合だよ。僕は持ってないんだ、ハンカチは持ってるけども……。（と、ポケットから出して見せ）ああ、これを敷けって言ってるんだね、君は……？
少女1　そうじゃないわよ。私。ティッシュ持ってるし……、（と、出し）でも、敷くんじゃなくて、

ふくんじゃないかって思ったわ、これでこの辺を……。（少年1に渡そうと）
少年1　僕が……？
少女1　ああ、私ね、きっと……。ここ汚いかもって言ったのは、私だし……。
少年1　いや、僕かもしれないよ。だって、座ろうって言ったのは僕なんだから……。
少女1　それじゃ、これ、一枚ずつ持って、それぞれ自分の座るところをふいたらどうかしら……。
少年1　すごい。君って、こういう入りくんだ問題を、簡単に解きほぐすことが出来るタイプの人なんだね……。
少女1　それとも……。
少年1　わかった。僕のところは僕のハンカチでふけって言うんじゃない……？
少女1　じゃなくて、このティッシュを使うんだけど、もしいやじゃなければ、あなたの座るところを私がふいて、私の座るところをあなたがふけばって……。何度も言うようだけども、もしいやじゃなければよ……。
少年1　すごいよ。そうしよう……。（と、場所を入れかわって）僕、今ね、本当に涙が出そうになった……。だって、これは一種の愛情表現じゃない……？　いやいや、違うよ。君が僕を愛しているとか、そんなうぬぼれたことを言ってるんじゃなくてね。ただ僕は、もし結婚するとしたら君のような……、でも、これは別に結婚を申し込んでるってわけじゃなくて……。と言っても、結婚したくないわけじゃないよ。結婚するとしたら君だけども、まだ僕は若いし……、だから……。
少女1　あったわ……。
少年1　何が……？
少女1　ウンコ……。
少年1　ウンコ……？
少女1　（ティッシュを差し出して）だって、ほら……。
少年1　（鼻を寄せてみて）ウンコだね、犬のかな……？
少女1　人間のよ。私、うちのベスのウンコをいつも嗅いでいるから、犬のウンコと人間のウンコの違いがわかる人なの……。
少年1　でも、人間のウンコがどうしてこんなところに……？
少女1　言ったでしょ、ホームレスがここに座った時、そのズボンについてたのよ……。
少年1　かもしれないね。じゃ、僕がそっちに座ろう……。
少女1　駄目よ。あなたのズボンにウンコつくわ……？
少年1　大丈夫だよ、君がふいてくれたんだし、もし何だったら、その上に僕のハンカチ敷くから……。

男1、近づいてきて、ベンチいっぱいに、口の中のものを吐き散らす。

少年1　何をしたんだろ、この人……？

少女1　もしかしたら、口ん中のものを吐き出したのよ、ここに……。

少年1　そんなことをしたら、殺されるかもしれないって、思わなかったのかな……？

少女1　思わなかったのよ、きっと……。あなたがポケットの中にナイフを持ってるなんて、知らなかったでしょうからね……。

少年1　（ナイフを出して）これだろ？　いつも持ってるんだよ。それというのも、いつどんなことがあるかわからないからね……。（いきなり男1に飛びかかり）てめえ、ふざけんな……。（と、その胸を刺す）

二人、倒れる。少年1、ゆっくり立ち上がる。

少年1　ねえ、もしかして僕、この人を殺してしまったのかな……？

少女1　もしかしたらね……。

少年1　行こうか……？

少女1　行きましょう……。

二人、下手へゆっくり歩き出す。

少年1　ねえ、もしかしたらって、僕、いつも考えるんだよ、もしかしたら僕は、何もしてないんじゃないかって……。

《暗転》

白日夢

登場人物

男1

男2

男3

旗と旗竿と椅子を持った男1が上手から現れ、舞台中央で立ち止まり、左右をうかがい、そこに旗を立てる。椅子に腰掛ける。

ツルハシを持った男2が下手から現れ、旗を見て立ち止まる。

男2　(旗を示して) 何だい……?
男1　旗です。我が国のね……。
男2　我が国って……?
男1　日本じゃありませんよ。
男2　じゃ、どこの……?
男1　ウシクボバンリ……。
男2　それは首都かい、今、言ったウシクボ何とかってのは……?
男1　違いますよ、国です。
男2　どこにあるんだ……?
男1　どこって説明し難いですが、この西のほうですね……。それと (旗の足元を示して) ここです……。
男2　ここ……?
男1　ええ……。

男2　ここは日本じゃないのか……？
男1　だったんですが、今、占領されたんです……。
男2　お前さんに……？
男1　ええ……。
男2　お前さんは、誰だい……？
男1　ウシクボバンリのものです……。
男2　それで……？　今、もう占領しちゃってるのかね……？
男1　そうです……。
男2　旗立てただけで……？
男1　昔からそうやってきたんですよ。日本もウシクボバンリも……。
男2　うちの……たとえばお巡りが来たらどうなる……？
男1　どうにもならんでしょう……。

巡査姿の男3、下手より現れる。

男2　（男1を示して）これ……。
男3　知ってますよ。キムラさんでしょ……。

男2　キムラさん……？
男3　少なくともお母さんはそうです。キムラさんって呼ぶと、ハイッって返事します……。
男2　キムラさんだって言ってるぞ……。
男1　キムラですよ。
男3　やめましょう。最近はやってるんです……。こういうのがね……。
男2　でも、勝手に得体の知れない旗持ってきて、そこいらに突き刺して、占領した占領したって言われちゃぁ……。
男3　それじゃないんです。はやっているのは。
男2　じゃあ、何なんだ……？
男3　キムラです……。
男2　キムラだ……？
男3　そうですよ。裏口の呼び鈴が鳴って、出ていくと男が一人立っていて、キムラですって言うんです。
男2　それはキツイなぁ……。
男3　お母さんはって言うと、母もキムラですって……。
男2　お前さんがキムラであるとすれば、お母さんもキムラである可能性が大なんだから、それがその通りキムラであるとすれば、絶体絶命と言うか……。

男3　そこでとめとくんだ。行くぞ。
男2　行こう……。

男3と男2、上手に消える。

男1　（その二人の背に）おーい、いとこのことを聞いてくれ、キムラかって……。

ふなや

――常田富士男とふなとの対話――

登場人物

N

爺

N　夕方になると、その街のはずれにある小さな公園に、ふなやがやってまいります。もっともふなやと言っても、ふなを売るわけではありません。ふなとお話をしたい人に、ふなとお話をさせてあげて、そのかわりに、ほんの少しお金をいただくという商売をしている人です……。

夕方の、かすかな街のざわめき。風の音。そこから、選び出されたように聞こえてくるかすかな鈴の音……。

爺　（つぶやくように）ふなやでござい、ふなとお話をしましょう。ふなやでござい、ふなとお話をしましょう。ふなやでござい、ふなとお話をしましょう……。

N　一日中街を照りつけていたお日さまが、ようやく西のほうへかたむいて、夕方の涼しい風が吹きはじめるころです。ふなやの爺さんは、リヤカーに、ふなの太郎を入れた大きなバケツをひとつ乗せて、鈴を振りながらゆっくり、街を通りすぎてゆきます。

爺　ふなやでござい、ふなとお話をしましょう。ふなやでござい、ふなとお話をしましょう……。

N　公園につくと、片すみの古い樫の木の根元にリヤカーをとめて、爺さんは小さなミカン箱に腰をおろします。これでもう、ふなやは店開きをしたことになるのです。やがて日が暮れて、あたりが暗くなると、木の枝に結びつけた電灯のスイッチをひねります。大きな木の下のぼんやりした灯りの中に、ふなやの爺さんが座って鈴を鳴らしているのを見ると、誰でも、ひどく淋しい気持ちになるのでした……。

爺　いつものように日が暮れて
　　いつものように風が吹いて
　　いつものように木ノ葉がゆれて
　　だから、太郎
　　もうすぐだよ
　　もうすぐお客さんがやってきて
　　お前に話しかけてくれる

　　はにかんじゃいけないよ
　　黙ってちゃいけないよ
　　街の人びとはみんな淋しくて
　　街の人びとはみんな

いつも誰かと話したいのさ

だから、太郎
話しておやり
人生はそんなに悪いものじゃない
悪いことのあとには
きっといいことがある
どんなふしあわせも
そんなに長くはつづかない
しあわせが
いつかかならずやってくる……

そうなんだよ、太郎
そう言っておやり
街の人びとはみんな淋しくて
街の人びとはみんな
ふしあわせなのさ

いつものように日が暮れて
いつものように風が吹いて
いつものように木ノ葉がゆれて
だから、太郎
もうすぐだよ
もうすぐお客さんがやってきて
お前に話しかけてくださる……

風の音。鈴の音。

爺　お客さん……。そこを歩いておられる、ええ、あなた……。こんばんは、ふなやです。この太郎と、話をしてやって下さいませんか。

いいえ、違います
私がそう言うのではありません
太郎が言うのです

あなたとお話をしてみたいと……
本当です
見てやって下さい
ここにいます
太郎です
ほら、このバケツの中に
むこう向いて……

淋しいのです
哀しいのです
話したいのです
なぜって太郎はもう三日も
誰とも話してないのです
話してやって下さい
声をかけてやって下さい
こんばんはと言って下さるだけで
よろこびます

そうですか
駄目ですか
残念です
ではまた、明日
明日の晩も太郎は
ここにいます
必ずここにいて
あなたを待ってます
さようなら
おやすみなさい
明日ですよ
明日の晩ですよ

風の音。鈴の音……。

爺　そうじゃないよ、太郎。そんな風に言っちゃいけない。あの人だってきっと、お前とお話がしたかったのさ。だけどね、時間がなかったんだよ。もしかしたらあの人のうちには病気の子どもがいて、大急ぎで薬をとどけなければいけなかったのかもしれない。だからだよ。だから、ああして……。お客さん、あなた、待って下さい。そうです、あなたです……。

太郎が呼んでます
太郎があなたと
お話をしたいのです
人生のことや
生活のこと……
そうです
太郎も苦しんでいるのです

つらいことがありました
哀しいこともありました
うれしいことは
ほんのちょっぴり
あなたと同じです

きっと話があうでしょう

やさしくしてやって下さい
なぐさめてやって下さい
よくやったと
言ってやって下さい
太郎は今
とてもふしあわせなのです……

爺　え？　インチキ？　そんなことはありません。あなたは何も知らないのです。だって、あなた、太郎はこの街の市長さんともお話をしたのですよ。覚えていませんか、三年前の平和博覧会の日です……。

五月でした
青空でした
白い雲です
いっぱいの日の光です

風が吹いて
プラタナスがゆれて
花火があがって
金星交響楽団の
青空行進曲です

青空行進曲を口笛で吹きながら、その場でひと踊り……。

爺　そうなんです。私は、太郎を連れて、フェスティバル会場に近い、プラタナスの並木の下におりました。そこへ、市長さんが通りかかったのです。私は言いました。市長さん、太郎が言っております。平和博覧会おめでとう、市長さんバンザイ。市長さんは立ち止まって、バケツの中に手を入れて、太郎の背びれをやさしくなでながら言いました。太郎、よくやったね、私は、お前がどんなに苦しんだか、よく知っている……。いいですか、あなた、市長さんはそう言って下さったのです。よくやったねって。お前がどんなに苦しんだか私はよく知ってるって……。まわりにいたみんなが、拍手をしました。市長さんと太郎にです。

風が吹いて
プラタナスがゆれて
花火があがって……

爺　お客さん……。お客さん……？　いいよ、太郎。あの人はきっと、平和博覧会の日に悲しいことがあって、それであの日のことは思い出したくなかったのかもしれない。そういうこともあるんだよ。もしかしたら、愛し合っていた人とあの日に別れて、そのまま会っていないのかもしれないじゃないか……。でもね、あの日市長さんは、そう言って下さったよ。よくやったねって……。お前がどんなに苦しんだか、私はよく知ってるって……。

風の音、やや強く……。鈴の音、かすかに……。

爺　え？　はい、こんばんは。お嬢さんが、太郎と……？　よろしゅうございます。お待ちしておりました。そうなんです。太郎は、あなたのようなやさしいお嬢さんと、お話をしたかったのです。いいえ、怖がることはありません。さあ、この釣竿を持って下さい。ほら、この糸の先に錘(おもり)がついていますでしょう。これを太郎が、あの口の先で、ツンツンとつつくのです。いいですね。それが合図です。太郎は、何でも話します。

夜空に光るお星さまのことも
森の中に咲く白い花のことも
海の底に眠る淋しいおさかなのことも

爺　さあ、お嬢さん、その錘を、太郎のそばに垂らしてやって下さい。ゆっくり、やさしく……、ね、ほら、ツンツンときましたでしょう。それが、太郎の合図です。

わかりますか
太郎は言っているのです
お嬢さん
あなたはしあわせです

やさしいお父さまと
やさしいお母さまにかこまれて
あなたは
五月の日の光のように

しあわせです

いまにきっと
もっともっと
しあわせになるでしょう

爺　わかりましたか、お嬢さん。太郎は今、そう言ったのです。お嬢さんから、太郎に言ってやることは、ありませんか？　ええ、太郎にも、いいことがありますように……。わかりました。聞いたかい、太郎、お嬢さんはそう言って下さったよ。お前にもいいことがありますようにって……。よかったね。さあ、お嬢さん、竿をもう一度持ち直して。太郎がご返事をいたします。ほら、手もとにツンツンって……。

わかりますか
太郎は言っているのです
ありがとう、お嬢さん
あなたは、おやさしい
ありがとう、お嬢さん

あなたは、うつくしい

わかりますか
太郎は言っているのです
野原に花が咲いて
森に小鳥がさえずるように
私はうれしい……

爺　ありがとう、またどうぞ来て下さい、お嬢さん。お話することが出来て、太郎もとてもよろこんでいるのです。太郎は、お話をするのがとてもすきなのです。きっとですよ。約束して下さい。指切りしましょうか?　あ、いえ、ごめんなさい。しつこくするつもりはないんです。ただとても、うれしかったもんですから……。そうなんです。太郎もです。さようなら、お嬢さん。本当にまた来て下さいね。おやすみなさい。足元に気をつけて……。

風の音。鈴の音……。

爺　いい子だったね。とても可愛い女の子だったよ。そうだね。また来るといいね。でも……、もしかしたら、もう来ないかもしれない……。そうなんだよ。あの女の子は、もう一度お前とお話をしたいと考えるかもしれないけど、お父さまとお母さまが、許しては下さらないだろう……。なぜかこの街の人びとは、子どもたちがお前とお話をするのを、いいことだとは思っていないみたいだからね……。

強い風の音……。かすかな鈴の音……。

爺　風が強くなってきたよ
秋が来るのかもしれないねえ
雲があんなにとんでゆく
思い出してごらん
遠い昔のことを
お前も小さかったし
私もまだ若かった

私とお前はいつも一緒に
街から街を

旅して歩いた
五月の風に吹かれて
五月の日の光をあびて
街はどこも明るかったし
人びとはみんなやさしかった
お前はみんなに
しあわせを約束した
そうだよ、太郎
お前にそう言われて
どんなに多くの人がしあわせに……

爺　誰だい？　え？　今そこに隠れたのは誰だい？　いいや、わかっているよ、出ておいで。そうだ。お前さんだよ。どうしたんだね。太郎と、話がしたいのかい？　お金がない？　だってたいしたお金じゃないんだよ。街へ出ていって、ハンバーグを一切れ買うお金で……。それもないのかい？何か手に持ってるじゃないか、そこに小さな……。ああ、着換えだね。まあ、いいよ。着換えまでむしりとろうとは思わないよ。話したければ、お話し。今夜は特別にただで話させて……。違う……？　太郎と話したいんじゃないのかね？　雇ってくれ？　お前さんは、ふなやになりたいのかい？　この私みたいな……？　いいよ、聞いてあげよう、話してごらん……。

風の音。鈴の音……。

爺　聞いたかい、太郎
お前はこの人にその昔
いつかしあわせになる、と約束した
しかしこの人はならなかった

そうなんだね、お前さん

お前さんは色々な仕事をやってみた
皿洗いもやったし
自動車の修理工もやってみた
波止場人足にもなったし
土方にもなった

ボクサーにもなったし
サーカスにもやとわれた
しかしそのどれにも
成功しなかった

そうなんだね、お前さん

そこでとうとう
ここへやってきた
お前さんにしあわせを約束した
ふなやになるために

聞いたかい、太郎
そうなんだよ

爺　わかったよ。いいとも、ふなやをおやり。そうすればきっと、しあわせになるさ。だって、太郎が約束したんだからね。

風の音。鈴の音……。

N　その晩から、ふなやは二人になりました。爺さんがリヤカーを引いて、若い男が後から押して、やっぱり鈴を鳴らしながら、公園へ出かけてゆくのです。

爺　ふなやでございい、ふなとお話をしましょう。ふなやでございい、ふなとお話をしましょう。ふなやでございい、ふなとお話をしましょう……。

N　しかし、お客さんが少なくて、爺さん一人でもやっと暮らしてゆけるというところへ、もう一人ふえたのですから、大変です。爺さんは平気でしたが、若い男のほうは、自分の責任のように感じて、あせりました。

爺　いつものように日が暮れて
いつものように風が吹いて
いつものように木ノ葉がゆれて

爺　おい、どこへ行くんだい？　え？　お客さんを探しに……？　およし。そんなことをするんじゃない。ふなやはね、呼びにはいかない。そのかわり、いつでもそこにいる。

雨の日も
風の日も
星空の夜も
公園の樫の木の根元に
小さな灯りがひとつついて
そこに太郎がいる

お茶も飲ましてやれないし
お菓子も出してやれないし
お金も貸してやれないし
病気も治してやれないけど
そこにいつも太郎がいて
お話をしてくれる
やさしくなぐさめてくれる

そうなんだよ、お前さん

雨の日も
風の日も
星空の夜も
公園の樫の木の根元に
小さな灯りがひとつあって
それだけ……

爺　行ってしまったよ……。いいや、太郎、そうじゃないよ。あの子は私たちにお金が入らないのを心配しているのさ。でも、そのうちにはあの子にもきっとわかるだろう。ふなやに必要なのは、お金じゃない。人びとのたましいの奥底にあるとうめいなやさしさだってことを……。

そうなんだよ、太郎
私たちは人びとの
とうめいなやさしさを食べて

生きている

芋虫がキャベツを食べるように
かいこが桑の葉を食べるように
大昔からずっと私たちは
とうめいなやさしさを食べて
生きてきた

幾何学のように正確で
天文学のようにはるかで
論理学のようにたじろがない
とうめいなやなしさ

そうなんだよ、太郎
私たちはそれを
朝食のサラダのように食べるのさ……

爺　おや、お待ち。これはあの子の帽子だよ。今、風に吹かれてとんできた……。どうしたんだろうね……。おっと、これはハンカチだ……。わかったよ。あの子は、お客さんとつかみあいのケンカをしたのさ……。ね、帰ってきたよ……。おいで。上衣のボタンがはずれてるじゃないか。とめてあげよう。これで鼻血をお拭き。痛いかい？　いけないよ。ふなやはね、じっとしていなければいけない。たとえそのために餓え死にをしてもじっとしている……、それがふなやだよ。そこに血が出ている。なめておくといい……。ここにお座り。そして、太郎に話してやっておくれ。太郎はね、心配していたんだよ、お前さんのことを……。

いつものように日が暮れて
いつものように風が吹いて
いつものように木ノ葉がゆれて

N　でもふなやの生活は日を追って苦しくなり、とうとう、雨が降りつづいて五日間お客さんが一人も来なかった或る日、若い男は、爺さんに内緒でサーカスの親方を訪ねました。《こんばんは、親方》《やあ、こんばんは、何か用かね？》《私はふなやなんです。サーカスに雇って頂けませんか？》《ふなやをサーカスに？　とんでもない、あれは駄目だよ。サーカスってのはいつでも華やかで、にぎやかで、その上勇ましくなくちゃいけないんだ。ところでふなやはどうだい。

まるで幽霊みたいに淋しい商売じゃないか》《でも、そうして頂かないと私たちは食べてゆけないんです》《駄目駄目、ふなやをやめてきたら雇ってあげてもいいよ》《ふなやをやめるわけにはいきません》《それじゃ駄目さ》《お願いです》《駄目だよ。おーい、みんな、こいつを放り出せ》

雨の中で爺さんが、コーモリ傘をさし、片手に釣竿を握り、糸をバケツの中に垂らして、太郎とお話をしている。

爺　太郎、あの子がいないんだよ、今朝からずっとね……。どこへ行ったんだろう……？　もうふなやを、やめたくなってしまったのかな……。そうかもしれないよ。ふなやというのは、若い者向きの商売とは言えないからね……。

雨が空から降れば
思い出は地面にしみこむ
雨がシトシト降れば
思い出もシトシトにじむ

黒いコーモリ傘をさして

街を歩けば
あの街も雨の中
この街も雨の中
電信柱もポストも
ふるさとも雨の中

しょうがない
雨の日はしょうがない
公園のベンチで一人
おさかなを釣れば
おさかなもまた
雨の中

しょうがない
雨の日はしょうがない……

爺　そうだ……。やっぱりそうだね、探しに行ってこよう。ちょっと、待っていておくれ……。

爺、コーモリ傘を持って去る。若い男のコーモリ傘が、コーモリ傘だけが、ぼんやりと帰ってくる。

N　雨にぬれて、泥にまみれて、トボトボと爺さんのところに帰ってきますと、そこには爺さんはいなくて、バケツの中に太郎だけがじっと沈んでおります。若い男は、爺さんがよくやっていたように、バケツの中に手を入れ、太郎の横腹をなでてやりました。《ねえ、サーカスは雇ってくれなかったよ、これからどうやってゆけばいいんだろう》するとその時です。《シアワセニナルヨ　イマニキットシアワセニナルヨ》という太郎の言葉が、手を伝わって胸の中にあざやかによみがえってきました。

シアワセになるよ
今にきっと、シアワセになる

空は青く晴れて
雲は白く流れ
日の光がいっぱい

シアワセになるよ
今にきっと、シアワセになる……

爺さんが、片手にコーモリ傘、片手にもうひとつのバケツを持って、ぼんやり現れる。

爺　ね、聞こえただろう……? ようやくお前さんも、太郎と直接お話しできるようになったのさ。もう一人で立派にふなやをやってゆけるよ。さあ、おいで。ここに、次郎がいる。これが、お前さんのふなだよ。こいつを連れて、どこかほかの街に行ってふなやをおやり。どこの街にも、ふなとお話をしたいって考えている人はいるものさ。そんなに沢山はいないかもしれないけど、一人食べてゆくには充分だし、太郎が言うように、そのうちお客さんはきっとふえてくるからね……。

行っておいで、次郎
お前たちの街へ
そこには教会があって
プラタナスの並木があって

やさしい人びとがいる

行っておいで、次郎
お前たちの街へ
丘の上に天文台があって
夜空には星が光っている

N　若い男は次郎を乗せたリヤカーを引きながら、そして鈴を鳴らしながら、自分たちでふなやをはじめる新しい街を目指して、旅立ちました。夕闇の中で、爺さんの鳴らす鈴の音と、若い男の鳴らす鈴の音が、お互いに呼び交わすように、いつまでも、いつまでも鳴っておりました……。

行っておいで、次郎
お前たちの街へ
そこには風が吹いていて
そこには日の光が充ちていて
そこには青い空がある

第二部

おまごと

関西編

登場人物

男1
男2
男3
男4
男5
男6
女1
女2
女3
女4
女5
女6
女7

《一場》

舞台やや下手に電信柱が一本。上手よりにベンチがひとつ。他は何もない。夕景である。
下手より、丸めたゴザを持ち、バスケットを持った男1が、鼻歌を歌いながら現われ、一旦舞台を通りすぎてから引き返してくる。

男1　ここやな、やっぱり……。

電信柱の下にゴザを敷き、バスケットを置き、履物をぬいでゴザに坐る。上手より、会社帰りのサラリーマン風の男2が、カバンを持って現われる。

男1　おい……。
男2　はい……。（立ち止まる）
男1　おままごとせえへんか……？
男2　何です……？
男1　おままごとせえへんかって言うてるんやないか……。
男2　おままごと……？

男1　そうや……。
男2　すんません。ちょっと急いでますんで……。（下手へ）
男1　（立ち上がって）おい……。
男2　はい……。（立ち止まる）
男1　せえへんのやな……？
男2　いえ……、します……。（引き返す）
男1　ほんなら最初からそう言えや。したいならしたいって……。
男2　したいってわけやないんですけどね……。ただ、そちらが……。
男1　したないんか……？
男2　いやいや……。でも、おままごとですか……？
男1　おままごとや。お前、やり方わかってんのやろ……？
男2　わかってるって言いましても、子どものころやったことがあるってだけで……。ですから、
　お父さんとお母さんがおって……。
男1　それでええんや……。やんぞ……。
男2　やんぞって……、でも、どっちがお母さんなんです……？
男1　俺に決まってるやないか……。（バスケットの中からエプロン出してつける）お前、こうい
うもん、持ってないんやろ……？

男2　持ってません……。
男1　もちろん、お前がどないしてもお母さんやりたいって言うんなら……。
男2　いいです。私、お父さんやりますから……。（自分の姿を示して）これで……。
男1　よし、来い……。
男2　来いって……もうええんですか……？
男1　ええよ……。
男2　（やや離れてからゴザに近づき）ただいま、今、帰りました……。（履物を脱ぎながら）上がっていいですか……？
男1　阿呆……。
男2　何です……？
男1　何ですやないで、お前は一家の主人なんやぞ。一家の主人が、上がってええかどうかなんていちいち断るか……？
男2　わかりましたよ……。（と、やり直して）ただいま、今、帰ったで……。（と、靴を脱いで上がり）メシ……。
男1　メシって、何や、その言い草は……？
男2　いやいや、だって、あなた、一家の主人やって言うもんですからね……。
男1　ええんや。そやから俺のほうでもそう言い返したんやないか……。

男2　えっ……？　今のそれ、お母さんのあれですか……？
男1　当たり前やないか……。
男2　(やり直すためにゴザから出ながら不平がましく)お母さんならもっとお母さんらしく……。
男1　何や……？
男2　いや、いいです……。行きますよ……。(と、あらためて近づき)ただいま、今帰ったで……。(と上がり)メシ……。
男1　メシって、何や、その言い草は……？
男2　メシやからメシって言うたんやないか。下らんこと言うてんと、さっさと用意せえ、腹減ってんねんから……。
男1　メシなんて言われて……(と、つかみかかり)用意なんか出来ると思うか……？。
男2　(あらがいつつ)用意出来るかって、それがお前の仕事やろう……？
男1　このボケ、言わせとったらつけあがりよって……。(と、本気になって組み伏せる)俺を一体何やと思ってるんや……？
男2　ちょっと待て。ちょっと待て……。これはおままごとやないよ……。
男1　(力をゆるめ)どこが違うんや……？
男2　どこがって……。何、考えてんのや、お前は……。放せや、そこ……。お前、おままごとなんて、やったことあんのか……？

男1　ないで……。
男2　そやからや……。おままごとっちゅうんはやなあ、お父さんが帰ってきて、お母さんが夕食の支度をしとって、ただいま、お帰りなさい、夕食の支度が出来ました、ありがとう、どうぞ、いただきます、おいしいですか、おいしいですって、そういうあれなんやから……。
男1　その、どこがおもろいんや……？
男2　どこがって、お前、おもろいんやないんか、こういうんが……。だって、みんなこうやっとったんやから、少くともおままごとっちゅうのは……。
男1　俺はな、おいしいですか、おいしいですなんて、そんなガキがやるみたいなことをやりたいんやないんや……。
男2　ガキがやるみたいって、ガキがやるもんなんやで、おままごとは……。
男1　ええか、俺は四十二や……。（男2の胸ぐらをつかんで）お前もそのくらいやろう……？。
男2　（その手を払って）私は三十五や……。
男1　同じくらいやないか……。
男2　なんで同じなんや、三十五と四十二やぞ……。
男1　四捨五入すれば四十や……。
男2　四捨五入なんかすんなや……。
男1　ともかく、ええか（と、再び胸ぐらをつかむ）

男2　お前、そうやらんと話せへんのか……？（相手の手を放そうと）
男1　話せるで……。（と、手を放し）こうやらんと、お前、聞きにくいと思って……。
男2　やられたほうがよっぽど聞きにくいわ……。
男1　つまりやな、四十二の男と三十五の男が、やっておかしないおままごとをやろうやないかって言うてるんや、俺は……。
男2　阿呆言え……。
男1　何や……？
男2　そんなおままごとはないやろ。おままごとっちゅうのはやなぁ、こういう……（と、背の高さを示して）七つか八つの男の子と女の子がやるもんなんや……。
男1　それはお医者さんごっこやないか……。
男2　お医者さんごっこはちゃうやろ、阿呆……。
男1　どないちゃうんや……？
男2　どないちゃうって、お前、お医者さんごっこっちゅうのは、全然別のあれやろ……。
男1　わかった………お前がそう言うなら、おままごとやめてお医者さんごっこにしてもええ……。
男2　言うてへん、お医者さんごっこやろうなんて……。
男1　どないすればええか言うてくれたら、俺、その通りやるから……。（男2に近づく）

男2　触るなって言うてるやろう……。やめえ、阿呆……。ええか、私が言うてるんは、お医者さんごっこも、四十二の男と三十五の男がやるようなもんやないってことなんや……。やめ……。
男1　そやから、やり方変えればええんやろ……？　四十二の男と三十五の男がやっておもろいように……？
男2　おもろない。そんなん、全然おもろないやろ……。
男1　ほな、やっぱりおままごとやないか……。
男2　（ほとほとうんざりして）そやけど、おままごとかって、お前、私らがやっておもろいかって言うと……。
男1　おもろかったやないか……。
男2　何が……？
男1　今の……。
男2　今のって……？
男1　そやから、お前が帰ってきて、メシって言うて、メシとは何やって言うて、もみあいになって、俺がお前を組み伏せて……。
男2　その、どこがおもろいんや……？
男1　おもろかったで。少くとも、お前、燃えてたやないか……。
男2　燃えてぇへん。三十五にもなって、おままごとなんかで燃えられるか……。

男1　ほな、続けてみようやないか……。
男2　やめ……。阿呆……。やめろって言うてるやろう……。
男1　このボケ、言わせとったらつけあがりよって……。（と、組み伏せ）俺を一体なんやと思ってるんや……。
男2　（男1の下でもがいて）おい、お前、どけ……。やめえ……。

下手より女1が、乳母車を押して、子守歌をハミングしながら現われる。二人のもがく様子をじっと見る。二人、それに気付いて、次第に力を抜く……。

女1　何してるんです……？
男2　ほら、どけ……。（と、男1を払いのけ）そやからね、こいつがおままごとしたいって言うんで……。
女1　おままごとなんですか？　今の……？
男1　ですからね……（男2に）奥さんかい……？
男2　ああ、女房や……。
男1　（女1に）つまり、こいつが帰ってきて、いきなりメシって言いよったんです……。
女1　メシ……？

男2　ちゃうって……。（男1に）ちゃうやないか、お前……
男1　どこがちゃうんや……。
男1　だって、最初は普通にやってたんを、お前が一家の主だって言うから……
女1　誰が一家の主なんです……？
男1　いやいや、一家の主って言うたって、ここでの話なんやから……。
女1　一家の主が、半年も家にお金を入れんと、妻子を路頭に迷わしていいんですか……？
男2　やめえって、その話は……。今のは、このおままごとでの話やって、言うてるやろう……？
今、こいつとな……。
男1　でも、待て。あかんで、それは、お前、半年もお前、金入れてぇへん……？
男2　うるさい、こっちの話や……。
女1　あなた、言えないんですか、この人の前では……？
男2　言えるでぇ。言えるけども、今はその話やないやろう……？
男1　ほな、言うてみろや、なんで半年も金入れてへんのや……？
男2　お前、おままごとやるんやないんか……？
男1　そやから、やってるんや……。
男2　これが……？
男1　そうや……。（またつかみかかって）なんで半年も、金入れへんのや……？

男2　（もがきながら）やめえって、阿呆……。（女1に）お前、やめさせえ……。（と、男1の手から何とか逃れ）会社クビになって、仕事探してる最中なんやから、しょうがないやろう……？

女1　なんでクビになったんです……？

男1　なんでクビになったんや……？

男2　（女1に）お前、何を言うてるんや、みっともないからそういうこと外でぺらぺらしゃべらんとって下さいねって、お前が言うたんやで……。

女1　でも、おままごとなんでしょう、これは……？

男1　おままごとなんや……。（と、つかみかかって）なんでクビになった……？　会社の金つかいこんだやろ……？

男2　やめ、阿呆……。

男1　馬鹿か……？

男2　ちゃうわ、何言うてるんや……。

男1　女か……？

男2　ちゃうって言うてるやろう………

女1　女なんですか……？

男2　阿呆なこと言うんやないよ……。（と、やっと男1の手から逃れ）やめよう。こんなんはおままごとやないわ……。

女1　いいです……。（ゴザに上がりながら、男1に）あなた、どいて下さい。私がやりますから……。
男1　そやかて、奥さん、俺のおままごとやで、これは……。
女1　あなた、あきません……。全然やり方を知らへんねんやから……。エプロン……。
男2　お前、やめや、私とお前がこんなとこでおままごとしたかってしょうがないやんか……。
男1　（エプロンをはずしながら）俺は何をすればええんや……？
女1　あなた。そこに立って見てて下さい。そうすれば、本当のおままごとってもんがどういうもんなんか、よくわかりますから……。（エプロンをつける）
男2　お前なあ、今のことは家に帰って、よう話すから……。こんなとこで、お前、いつまでも……。
女1　（坐って）あんな家もうありません。家って言うても、1LDKのアパートですけど……。
男2　ない……？
女1　半年も家賃払わんといて、大家さんが置いとくと思いますか……？
男2　そやかて、お前、今朝は……。
女1　今、出てきたんです……。荷物キタガワさんとこに預けて……。
男1　リアリズムやなあ……。
男2　（男1に）うるさい……。（女1に）お前、これ、おままごとか……？

女1　おままごとです。そやから、そこにきちんと坐って……。（男1に）あなた、逃げられへんように、その靴、持ってて下さい……。（と、男1に靴を）
男1　ええで……。（靴を預る）
男2　おい、何や、これは……？
女1　女ですか……？
男2　何が……？
女1　とぼけんと、正直に答えて下さい。女ですね。どこかの女にお金を注ぎこんで、それで会社のお金使いこんだんですね……？
男2　阿呆なこと言うんやないって言ってるやろう……？　私がいつ……？
女1　（男1に）出刃包丁ありますか……？
男1　あんで……。
男2　やめ……。
女1　出して下さい……。
男1　（バスケットを探って）ちゃうなあ、やっぱり、本物のおままごとは……。（出刃包丁を出す）これやで……。
男2　やめよ。アパート追い出されたんやとしたら、こんなとこでこんなことしてるあれやないんやから……。

女1　（出刃包丁を持って）言えないんですか……？
男2　やめって言うてるやろう……。

上手より、会社帰りという感じで。女2がハンドバックを肩にし、現われる。

女2　何やってるんです……？
男1　ええから、行って……。おままごとなんやから、これは……。
女2　おままごと……？
女1　この人ですか、その女って言うんは……？
男2　ちゃうよ……。（女2に）行って下さい、ここは違うんです……。
女1　でも、おままごとでしょう……？
男1　おままごとやで。
女2　私、何やればいいんです……？
男2　やらんでええ、何も……。
男1　そやからな、お前さんは、こいつ（男2）の、これ（と小指を立てて見せ）で、こいつが会社の金使いこんで、お前さんに貢いでしもうたってわけや……。
女1　それが今わかって、私がこの人を刺すところ……。

女2　ええわ、やってちょうだい……。
男2　待てって……。
女2　私、この人が死んだら、あなたにすみませんでしたって言えばええんでしょう……？　本当は好きでも何でもなかったんやけど、お金のためにやむなくおつきあいさせられてましたって……。
女1　ええわ……。
男2　ようない……。
男1　お前、往生際が悪いぞ……。奥さん、私押さえてますから、ズブリ、やって下さい……。
男2　待て、待て、待て、待て……。ええかげんにしてくれや、何なんや、これは……？　見たこともないんやぞ、私は、こんな女……。
女2　あら、そうなんですか……？　弟が高利貸しにひっかかって取り立て屋に追いかけまわされてるって言うたら、それくらいなら私が立て替えてやるからって……。
女1　この人がですか……？
女2　そうですよ……。
男2　阿呆なことを言うんやないよ、自分んとこのアパートの家賃も払えへんような人間が……。
男1　そやからそれは、こいつが会社クビになる前のことなんやろう……？
女2　そやと、思いますよ……。

女1　それで会社のお金を使いこんで……。
男2　やめよ、冗談やないで、こんなこと……。
女1　（男1に）いいですから、あなた、この人押さえてください。私、刺すだけ刺しときますから……。
男1　ええで……。
男2　待て……。何で刺すんや……？
女1　少くとも、あなた、私を裏切ってたんですからね……。
女2　そうですよ……。
男2　何を言うてるんや……。

下手より、巡査の格好をした男3が、自転車を引いて現われる。

男3　やあ、どうも……。
男1　そのまま通りすぎて下さい。なんも見んかったことにして……。
男3　なんも見んかったことにして……？
女2　おままごとなんです……。
男3　ああ、おままごと……。それならやったことがありますわ……。（自転車をとめて）なんかお手伝いしましょか……？

男1　いやいや、もうみんな決まってるんやから、やることは……。

男3　でも、お巡りさんがおったほうがええでしょう……。

男2　ええわ。何とかして下さい、今、刺されようとしてるんです、私は……。

男3　刺される……？

男2　その、出刃包丁で……。

女1　でも、理由があるんですよ、これには……。

男3　理由があるんやなぁ……。

男2　何を言うとるんですか、なんぼ理由があるからって……。

男1　つまりこいつはな、奥さんを裏切ってこの女に金を注ぎ込んどったんや。それで会社をクビになって、アパートも追い出されて……。

男3　刺してええ……。

男2　やめ。知らへんねんから、私は、こんな女……。

女1　あなたの会社の同僚でしょ……？

女2　……やなくて、近くの病院の看護婦なんです。この人が盲腸の手術で入院した時に知り合って……。

女1　ありそうなことやね……。

男2　ないわ､私は。だって､盲腸の手術をしたことなんて､ないんやから……。（女1に）お前かって、知ってるやないか……。（腹を出しつつ）お巡りさん、見て下さい、手術の跡なんかありませんから……。

男3　でも、これ、おままごとなんやろう……？

男1　おままごとなんです。（男2に）お前、やめぇ、みっともない……。

男3　でも、刺すって言うから……。

女1　刺しますよ。どっちみち、あなた、裏切ったんやから……。

男2　裏切ってへん。この女が看護婦で、私が盲腸の手術をしてへんとすれば、どないして会えるんや……？

女2　じゃ、こうしたらどうやろう、実はこの人、ホンマはええ人で……。

女1　どこがええ人なん……？

女2　だって、おままごとでしょう……？

男1　おままごとなんやけどな……。

男2　ええから、聞こうや……。

女2　ホンマはええ人で、腎臓を病んで困ってる人のために、腎臓をひとつ譲ってやろうとしてるんです……。

男2　待て、待て、待て、待て……。

男3　ええから、聞こう……。
女2　と言うのはですね。人には腎臓が二つあって、ひとつ取ってしまっても何ともないんですよ
……。
男1　おもろそうや……。
男2　おもろない……。だって、どういうことなんや、これは……?
女1　私がこれで取るの、この人の腎臓……?。
女2　そうよ。こういう風に二つあるうちのひとつだけ……。二つ取ってしまったら死んでしまいますからね……。
女1　わかったわ……。
男2　待てって言うてるやろ。お前、腎臓がどこにあるんか知ってんのか……?
女1　お腹の中でしょ……。
男2　お腹の中言うたって、お腹の中にはほかにもいろいろあるんやで……。お巡りさん、止（と）めて下さい。こいつら、本気なんですから……。
男3　やめましょ。刺すんはともかく、腎臓を取ってもうたらあきまへんわ。それは窃盗になりますからね……。
女1　でも、私が取るんですよ。私の良人（おっと）の腎臓を………
男3　あんた方、夫婦なんですか……?

男1　そうやで。さっきからそう言うてるやないか……。

女2　妻が良人のものをもらうんですから、窃盗にはなりませんよ……？　ともかく早くして下さい。事態は一刻を争うんですから……。

男1　一刻を争う……？

女2　そこまで来てるんです……。（上手に）カワカミさん、いらっしゃい……。

点滴用のスタンドを持ち、点滴をしながらパジャマとガウン姿の男4が、ゆっくりと現われる。

男2　なんや、どないなってるんやこれは……？

女2　この人なんです。あなたの腎臓を買いたいって言うてる人は……。

女1　（男2に）知ってるんですか……？

男2　知ってるわけないやないか。（男1に）冗談やないで。どういうことなんや一体……？

男1　つまりやな、こいつ（男4）は腎臓がのうて……。

女2　あるんよ。あるんですけどね。もう暫く前から機能を果たしてないんです。それで、定期的に人工透析ということをしてるんですけど、大変なんですよ、それは……。その度に、体中の血液を全部入れかえなあかんのですから……。それで、なんとかどなたかの腎臓をいただきたいと思っていたところ、たまたまあなたが売ってもええって……。
男2　言うてへんよ、そんなこと……。
男1　そやから、そうなんやろ、こいつ（男2）は、お前さんとこの病院に盲腸の手術に行ったんやなくて、腎臓をこいつ（男4）に譲るために行って……。
女2　そうなんです……。
男3　わかりました……。
男2　わかっててぇへんよ、お前さんは……。
男3　わかってますよ、つまり、これは人助けなんや……。
男2　そやない、そんなこと言うんやったら、お前の腎臓やれや……。
男3　でも、私とこの人（男4）では、きっと体質がちがうんですよ。だからこそこの人（女2）はあなたを選んだんです。（女2に）そうでしょう……？
女2　違います。今は免疫抑制剤というもんがありますからね。誰の腎臓でもええんですよ……。
男4　すんません……。
女2　待って……今、交渉中なんですから……。
男4　いや、そやなく……。坐らせていただいてもいいですか……？
男1　ああ、坐ってもらおう……。この人は腎臓がないんやから……。
女2　ないんやなくて、機能してないんです……。

女1　その……、この人の腎臓の話ですけど、今、売るって言いました……？
女2　売るんですよ。それをこの人が買うんです……。
男2　お前、亭主の腎臓を勝手に売ったり買ったりすんな……。
女1　いくらで……？
女2　三百万ですね、相場は……。この人（男4）との交渉次第ですが……。
男1　三百万……？
女2　ええ……。
男2　売る……。
男3　でも、誰のでもええって言いましたね、腎臓は……？
男2　あかんよ。聞いたやろ。私がこの人（女2）のとこへ行って、売るって言うたんでこういうことになってるんや……。もしお前さんがお前さんの腎臓を売りたいって言うんなら……。
男1　よし、誰のを買うか、この人（男4）に決めてもらおう……。（シャツをまくって腹出し）
俺の腎臓も、なかなか捨てたもんやないで……。
男2　あかんて言うてるやろう。さっきから言うてるように、私は会社をクビになって、アパートを追い出されて、すぐにでも必要なんやから、三百万円……。
男3　実は私もね、クビにはなっておりませんが、共済会からの借金が五百万ちょっとありまして……。

女2　あきまへん……。それに、誰の腎臓をもらうかは、この人（男4）が決めるんやありません……。
男1　誰が決めるんや……？
女2　お医者さんです……。
女1　私……？
男2　お前医者やないやないか……。
女1　でも、さっきこの人、私に切れって言うたんよ……。
女2　この人が切るんです。血が出たところで私が救急車を呼んで、病院に運び込むことになってますから……。（ハンドバッグから携帯電話を出して）じゃ、いいですね……。
男3　ちょっと待て……。
女2　何ですか……？
男3　お前さん、誰の腎臓もらうかは、医者が決めるって言うたやないか……。
女2　言いましたよ……。
男3　ほんなら、なんでこの人はこいつの腹を刺すんや……？
男2　それはもう決まってるんやから……。（女1に）ほんのちょっと切るだけでええんやで……。お前が腎臓取り出すわけやないんやから……。
女1　でも、あんた、それやったら今のうちに大家さんとこ行って、ひとこと話しといたほうがええかしら……？　あのアパート、出来ればそのまま使わしてもらいたいって……。
男2　ええから……。三百万入れれば、そんなボロアパートなんか……。
男1　（女2に）すっかりその気になってるわ、こいつは……。
女2　ええんです……。病院へ運びこんで、先生があかんって言えば、あかんのですから……。（携帯電話を掛ける）
男2　ちょっと待て。ほんなら、何ですか、私、ここでお腹刺されて、血まみれになって病院に担ぎこまれて、医者があかんて言えば、あかん……？
女2　当たり前やないですか。せっかく移植するんやから、ちゃんと検査をしていい腎臓かどうか……。
男4　すんまへん……。
女2　うるさいわね、あんたの腎臓の話をしてるんですよ……。
男4　ちょっと、立たせてもらえますか……？
男1　立ってどないするんや……？
男4　もういっぺん坐り直すんです……。
男3　なんで……？
男4　さっきの坐り方がまずかったんで、体は坐ったんですが、内臓のおさまりがようないんです……。

男1　わかった、やったるわ……。（立たせてやりながら）お前さん、腎臓のほかにも、何かもらってるんか……？

男4　ええ、心臓と肝臓を……。

女2　（電話に）はい、一一九番ですか、こちらに負傷者がひとり……。（女1に）負傷者……。

女1　刺すんですか……？

男2　待って……。

女2　（電話に）ええ、刺し傷です。お腹を刺されて……。えーと、ここはですね……。

男3　幸町、二丁目の……二十三番あたりかな、路上……。

女2　（電話に）幸町二丁目二十三番あたりの路上……。早くしてくださいね……。血がひどいようですから……。（女1に）出血……。

女1　だって……。

女2　（電話に）私……？　通りがかりのもんです……。え……？　名前……？　カツヤマ・ケイコ……。年令……？　何の関係があるんです、年令なんか……。私はただ、ここを通りかかって……。二十八……。

男3　正直に……。

女2　三十二……。ともかく……。（電話が切れる）何て奴やろ……？　さあ、救急車が来ますからね……。（と、全員のほうを見て）まだ刺してないんですか……。

女1　いややって言うんです、この人……。
男2　だって、必ず腎臓が売れるって保証がないんやったら……。
女2　必要なんです。奥さんに刺されて、救急車で病院に運びこまれたって事実が……。というんは、非合法だからです。あんたの腎臓を取って、もしあんたの腎臓が使いものになるんやったらの話ですけど、この人に移植するっていうんは……。そやから、わかりますでしょう。あなたは怪我をして、入院して、治療してもらって、退院する……。その間、腎臓があんたのお腹から、この人のお腹の中に移動したことは、誰も知らない……。
男3　犯罪ですよ……。
女2　人助けです……。誰も損はしません……。この人（男4）は新しい腎臓がもらえますし、あなた（男3）は、もし先生があなたのがええって言えば、三百万もらえるんです……。
男3　（腹をまくって）奥さん、刺して下さい……。
男1　やめえ、阿呆。この人がお前を刺す理由なんかなんもないんやから……。
男2　そうやで……。（女2に）でも、ほんまにズブッとやらんとあかんのですか……？
女2　そうですよ。かすり傷なんかやったら、救急車が運んでくれまへん……。
女1　やりましょう。あなた、この際なんですから……。
男2　やるよ。やるけどな。
男1　俺がやろか……？

男2　なんでお前がやるんや……?。
男1　(女2に)もともとは、私がお母さんなんです……。
女2　お母さんて、何……?
男1　ですからね、私がお母さんで、こいつがお父さんで、こいつが会社からただいまって帰ってきて、そこを私が出刃包丁でズブッと……。

救急車の音、近づいてくる。

男3　来ましたよ……。
女2　早く……。
女1　あんた……。
男2　そやから、やるけども、お前、本気になってやりそうやから……。
女1　本気になってやらんかったら出来へんやないですか、こういうことは……。
男2　それ、消毒してあるんか……?
女2　ええんや。多少バイキンがついてても。すぐ病院へ担ぎこむんですから……。

救急車からおろした台車を押して、女3と男5が上手より現われる。

女3　どこです、怪我人は……？

女2　ここよ。でも、ちょっと待って。

男5　何を待つんです……？

女1　これから怪我するんですから……。（男2に）あんた……。

女3　これから怪我する……？

女2　すぐですよ……。

男5　冗談じゃないよ、出血多量で、今にも死にそうだからって……。

男1　（男2を押さえて）奥さん、やって下さい……。

男2　やめえ。こいつは、本気なんやから。殺されるわ……。

女2　ね、死にそうやって言うてるでしょ……。

男2　保険に入ってるんや、私は。五千万円……。そやから、こいつ、三百万円やなくて、その五千万円のほうを……。

女1　阿呆なこと言うんはやめて下さい。五千万ねらってるんでしたら（出刃を構えてみせて）こうですよ……。三百万円やからこうなんです……。

男1　（男3に）おい、そっち押さえてくれ……。

男3　わかった……。（押さえる）

男5　何やってんです……？

女2　そやから、今、怪我しようとしてるんやないですか……。

男1　奥さん……。

女1　どこ……？

男3　このあたりを、ズブっと……。

男2　ズブっとやなくて、かする程度に、そっと……。

男4　すんまへん……。

男3　なんや……？

男4　（脇腹を押さえて）ここんとこ、ちょっと押してみてくださいませんか……？

男3　押す……？　ええかげんにせえや、こっちは取り込み中なんやから……。

男4　入れてもろた心臓が、ちょっとずれたみたいなんです……。

男3　（押してやりながら）心臓が、いくらずれたからって、こんなとこにあるわけないやないか……。

女3　どうでもいいですけど、早いとこやってくれませんか……。

女2　わかってます……。（男4に）ええかげんにしてちょうだい。さっきから言うてるように、あんたの……（と、ここで女3と男5を気にし）あれを、あれしようとして、あれしてるんですから……。

男5　何ですか……？
女2　ええんです。奥さん……。
女1　はい……。（ズブリとやるつもりだったが手元が狂う）あら、ごめんなさい……。
男2　痛い、痛い、痛い、痛い……。
男1　痛ない、阿呆、刺してへんわ……。
男2　でも、血が出た……。
男3　かすり傷や……。
女1　あなたがよけるから……。
男2　よけるわ……。
女1　（女2に）もう一度やります……？
女2　そうやね……。
女3　駄目ですよ。そんなんじゃ、救急車に乗せられません……。
男3　私がやります。奥さん……。（と、女1から出刃包丁を受け取る）
男2　やめ……。
男1　（男3に）お前には、だって、理由がないやないか。こいつを刺すための……。（出刃包丁を取りかえそうとする）
男3　（取られまいとして）理由なんかどないでもええやないか、この際……。

女1　後でお巡りさんに聞かれた時、どうするんです……？
男3　私がそのお巡りさんですわ……。
男2　おい、この血をどないするんや……？
女2　ツバつけとけばすぐ止ります……。
男3　ええか、この奥さんにまかせとったら、いつまでたっても……。
男5　（女3に）帰りましょう……。（女2に）刺して血が出てから電話下さい……。
女2　待って……。
男2　血が出てるんやで、現に、ほら……。

下手より、白衣の医者らしい男6と、看護婦らしい、これまた白衣の女4が現われる。

女2　先生……。
男6　おや、カツヤマ君、何やってるんやこんなとこで……？
女4　（男4を見て）カワカミさんも、あかんやないですか、病室を出たら……。
女2　腎臓が見つかったんです……。
男6　腎臓が……？　どこに……？
女2　この……、あたりなんですけどね……。

女4　このあたり……？

男2　私です……。

男3　まだ、決まったわけやないんやから……。

女2　そやから、先生、待機してて下さいって、お願いしといたんやありまへんか……。

男6　そうなんやけどな。今、至急来てくれって電話があって……。

女4　死亡診断書が欲しいって言うんです。でも、行ってみたら、まだ死んでないんですよ……。

男6　奥さんにぶん殴られて、頭にコブこさえただけなんや……。で、引き返して来たんやけど……。

男5　ここもそうですよ……。

男6　なんや、ここもって……？

女3　怪我をして、出血多量だからすぐ来てくれっていうんで来たんですが……。

男1　おい……。（と、男3を抱きかかえる）

男3が自分で自分の腹を刺したのである。

女2　どうしたん……？

男1　自分で自分の腹を刺したんや……。

女3　やっとですか……？
男5　（台車を押して）おい、こっち、こっち……。

上手より女7、現われる。

女7　すみません。ツゲさんいてませんか……？
男1　ツゲさん……？
女7　警官なんですけど……。
男2　警官のツゲさんがどないしたって……？
女7　いいえ、何でもないんですけどね。経理のもんが共済金のことで聞きたいことがあるからって……。
男1　いてない、ここには……。

男2、自転車を隠す。

女2　先生、腎臓です……。
男6　腎臓……？

女2　あの人、くれるって約束したんです……。
男6　だって、大丈夫なんか……？
女2　大丈夫ですよ……。

男3を台車に乗せて、女3と男5、上手に。男6と女2と女4、ついてゆく。

男2　泥棒……。
女1　何ですか……？
男2　何ですかやないで。私が売ることになってるんやから、私の腎臓を……。
女1　そうですけど……。
男2　行こう……。

男2と女1も、後を追う。女7、去る。男1と男4だけ残る。

男1　（男4に）おい……。
男4　何ですか……？
男1　行ったで、お前さんの腎臓……。

男4　ええ、ありがたいことです……。
男1　行ったほうがええんやないんか、お前さんも……？
男4　そうなんですけど、持つもんを持ってからやないと……。
男1　持つもんって……？
男4　三百万円……。
男1　三百万円……？　お前さん、持ってへんのか……？
男4　ええ、だって、心臓が千五百万円、肝臓が六百万円もしたんですから……。持ってたお金は、残らずそれに……。
男1　そやかて、お前さん、あいつらはすっかりそれを当てにして……。
男4　ですから、どないしようかって……。
男1　どないしようかやないで。あいつら、もう腹まで裂いて、なけなしの腎臓を、お前……。

下手より、女学生姿の女5と女6が、カバンを持って、下校途中といった感じで現われる。

女5　おっちゃん、援助交際せえへん……？
男1　せえへんわ、阿呆……。

女6　でも、何やってんの、こんなとこで……？
男4　おままごと……。
女5　阿呆みたい……。

女5と女6、上手に去る。

男4　ああいうんは、お金持っとるんでしょうねえ……。
男1　持っとったってしゃあないやないか……。どないするつもりや、三百万円……。
男4　まあ、当てにしてるとこがないでもないんですが……。

暗転

《二場》

場面は同じ。やはり夕景である。下手より丸めたゴザを持ち、バスケットを持った男1が、鼻歌を歌いながら現われ、一旦舞台を通りすぎてから引き返してくる。

男1　ここやな、やっぱり……。

電信柱の下にゴザを敷き、バスケットを置き、履物をぬいでゴザに坐る。上手より、買物帰りの主婦といった感じの女1が、買物袋を持って現われる。ゴザの上の男1に気づき、しかし、声をかけられないので通りすぎてから引き返す。

女1　あなた……。
男1　何ですか……？
女1　なんで声かけへんの……？
男1　なんでって、ええやないか、声なんかかけんでも……。
女1　おままごとでしょ……？
男1　おままごとやで……。

女1　それやったら、声かけなあかんやないの、おままごとしましょって……。
男1　ええわ……。
女1　ええって、何……？
男1　したないんや……。
女1　したくないわけないやないの。ちゃんとゴザまで敷いて、（バスケットに手を伸ばし）この中にだっていろいろと……。
男1　やめ……。（バスケットを取り返す）
女1　したいならしたげるって言うてるんよ、私は……。
男1　そやかて、お前は、女やろ……？
女1　女やから、何よ……。
男1　俺は、お母さんなんやから……。
女1　お母さん……？　あんたが……？
男1　そやから……。（バスケットの中からエプロンを出してつけ）こういうのも、ちゃんと用意してあってな……。
女1　その、どこがお母さんよ……。
男1　お母さんやないか、少くともお父さんには見えへんやろ……？
女1　それで……？　どうやって殺すの、ただいまって帰ってきたお父さんを……？

男１　殺す……？
女１　だって、おままごとやで。おままごとでしょ……？
男１　おままごとっちゅうんは殺すんか……？
女１　ほかにどうしようもないんやない。あんたのはどうやるん……？
男１　そやから、お父さんが帰ってきて、お母さんがお夕食の仕度をしとって、ただいま、お帰りなさい、お夕食の仕度が出来ました。ありがとう、どうぞ、いただきます、おいしいですか、おいしいですって……。
女１　……
男１　いや、そやから、そうやで……。こういうのんは子どものやることでな、我われ大人がやるんやとしたら、もう少しピリッと……。
女１　どうするん……？
男１　そやから……。
女１　殺すんやろ……？
男１　そうやないやろ。だって、ただいまって言うて帰ってきて、かえりなさい言うて、それでズブリか……？
女１　何、ズブリって……？
男１　そやから、出刃包丁で……。

女1　あるん……？
男1　あるけど……。（女1が買物袋から出す）
女1　ちゃんと用意してあるやないの。上がっていい……？
男1　ちょっと待てや。まだやるなんて言うてないんやから……。それに、どっちがお母さんやるかも決めてないやないか……。
女1　（無視して上がり）ええわよ、あんたお母さんで……。
男1　そんなら、お前、お父さんやるんやな……。
女1　いいえ、私もお母さん……。
男1　そんならおままごとにならへんやないか………
女1　（バスケットの中をのぞいて）ほかに何があるん……？
男1　（取り上げ）やめって……。
女1　私があんたんとこに相談に来たんよ、お買物の帰りに……。コーラ、飲む……？
男1　相談……？　何の……？
女1　（買物袋の中から、コーラのカンを出して、ひとつを男1に渡し）うちの亭主を殺して欲しいの……。
男1　殺しはやめようって言うてるやないか。おままごとなんやから……。
女1　でも、五千万円よ……。

男1　五千万円……？
女1　保険……。（コーラを飲む）
男1　そやかて、お前………
女1　会社クビになって、最近じゃ仕事探しに行く気もないみたいで、うちでゴロゴロしてんの
　……。煙草、ある……？
男1　あるけど……。（しぶしぶ出す）
女1　私、それ見るたびに、こんな人、生きてたってしようがないんやないかって思うわ……。
男1　ええ煙草やないで……。（と、渡し、火をつけてやる）
女1　（吸って）でも、死ねば五千万……。
男1　自分でやればええやないか……。
女1　やったわよ……。
男1　やった……？
女1　間違ったふりして、煮え立ったやかんふりかけてみたり、寝てるところにタンス倒してみた
　り……。でも、亭主が死ぬと一番先に疑われんのは妻やって言うでしょ……？　その五千万円の
　受取人は私なんやし……。その点、あんたやったら……。
男1　（立ち上がって）ちょっと、仕事を思い出した……。
女1　あかんよ……。（男1の履物を取ってしまう）仕事なんかあるわけないやないの、おままご

としにきたんでしょ……。

男1　でも、ええか……（と、あらためて坐り）知らんかったんかもしれへんけど、殺すんは犯罪やで……。

女1　知ってるわよ、そのくらいのこと……。そやから、わからへんようにやってくれって言うてるでしょ……。この煙草、からくない……？

男1　言うたやろ、ええ煙草やないでって……。

女1　ええ悪いやなくて、辛いんよ……。

男1　でも、殺しやで。わからへんようにって言うたって、人ひとり殺すんやから……。

女1　五十万……。

男1　何や、五十万て……？

女1　あんたの取り分よ……。

男1　お前さんとこには五千万入るんやろ。そんで、俺は五十万かいな……？

女1　それとこれとは関係無いやないの。もともとは、私のもらうべきお金なんやからね……。それに、借金が千五百万ちょっとあるし、あの人に三百万あげるとすると……。

男1　誰に三百万やるって……？

女1　関係ないんよ、あんたとは……。

男1　俺は五十万やで……。

女1　関係ないって言うてるでしょ。その人はね、腎臓がなくて今にも死にそうなんやけど、三百万あれば、新しい腎臓が買えるの……。
男1　そいつは、お前さんの、あれか……？　そやから、今の亭主が死んだら一緒になる……？
女1　そうよ……。
男1　冗談やないで……。（立ち上がる）そういう話やったら、お前……。
女1　でも、その人は心臓も肝臓も取りかえたばっかりで、世話する人がひとりもおらへんのよ……。
男1　だとしてもやな……。（履物を探す）
女1　八十万……。
男1　八十万……？
女1　それ以上はとても無理よ。だって、借金が千五百万あって、その人に三百万払うでしょ。それに、五千万いうんは額面が二千五百万で事故特約がついて五千万や……。殺人が事故やったら五千万やけど、そやないと二千五百万しか入ってこないかもしれへんのよ……。殺人って事故……？
男1　……やと、思うけどなぁ……。
女1　じゃ、ええわ。もし五千万入ったら、八十万やなくて百五十万払う……。ただしね、条件があるの……。

男1　条件て、俺はまだ引受けるとも何とも言うてへんで……。
女1　引受けるわよ。百五十万やもん。条件いうんはね、うちのを殺す時……。
男1　ちょっと待ってくれや……。
女1　私に頼まれたんやってことは言うてもええよ……。
男1　何でそんなことを……？
女1　わざわざ言うてくれなくてもええんよ。どうしても言わなあかんようになった時、それは言うてもええけど、私が三百万払って、その人と一緒になるつもりやってことは、言うたらあかん……。わかるでしょう……？　うちの人かって。私がもらった保険金使ってそんなことすると知ったら、とても死ぬ気になれへんと思うわ……。
男1　そんなこと知らんかったたって、死ぬ気にはなれへんのやないか……？
女1　大丈夫よ、うちの人、私を愛してるから……。つまりこれは私のうちの人に対する思いやりやの……。
男1　何考えてるんや、お前さんは……。
女1　じゃ、ええわね……。（携帯電話を出して）今、呼ぶから……。
男1　ちょっと、待て。呼ぶからって、誰を……？
女1　決まってるやないの、うちの人よ……。
男1　阿呆。呼んでどないするんや……？

女1　けえへんかったら、殺されへんでしょ……。

男1　ここで殺すんか……？

女1　どこでもええんよ。ここでまずかったら、あんた、どっかへ連れてってもええし……。（電話番号を押す）

男1　ともかく、待てって……。俺はまだ、あれしてないんやから……。

女1　（電話に）もしもし……、私……。え……？　あら、カワカミさん……？　ごめんなさい。私、番号間違えてしもたわ……。え……？　そう……。でも、ついでですから言うときますけど、あなたの腎臓の三百万、何とかなりそうよ……。ええ、二、三日中に……。

男1　おい……。

女1　（電話に）え……？　今の声……？　あ、これは違うのやる方……。そやから、やるほうとやられるほうがいて、今の声は、そのやる方の……。

下手より、頭に包帯を巻き、松葉杖をついた男2が現われる。

男1　（男2に）どうも……。

男2　どうも……。おままごとで……？

男1　そうなんです……。

女1　（電話に）ええ、ですから、楽しみにしてて下さい……。じゃ、また……。（電話を切り、男2に）どうしたんです……？

男2　どうしたんですやないで。買物に行くって言うて出たままいつまでも帰ってけえへんから……。コーラどないしたんや……。

女1　あ、コーラ……？　（男1に）飲んでしもた……？

男1　飲んでしもたって、だって、奥さん、どうぞって言うから……。

男2　飲んでしもた……？

男1　いいえ、一口、口つけただけですから、まだ残ってますけど……。

男2　ヒソ、入ってませんでしたか……？

男1　ヒソ……？　さぁ……。

女1　阿呆なこと言うんはやめてちょうだい……。（男1に）この人よ……。

男1　ええ、わかってます……。

男2　わかってますって、何が……？

男1　いえいえ、今この人の御主人の………、ですからあなたのことを話してましたんでね、で、この人がこの人よって言いましたから、わかってますって……。

男2　私の、どんなことを……？。

男1　ですから……。

男2　会社クビになって、家でゴロゴロしとって、何の役にも立たへんけど、死ねば五千万て……？

女1　やめなさいよ、あなた……。

男2　で、頼まれたんやろ、殺してくれって……？。

男1　いやいや……。

男2　ええんやって、わかってるんやから……。ほら、もう熱湯ぶっかけられたり、タンス倒されたりしてるんや……。でも、わかるやろう、長年つれ添ったあれやから、どないしても手ぇがにぶる……。愛やな……。お前さんも結婚してみたらわかると思うけど、これはもうどないしようもないもんなんや。そやから、見ず知らずの他人(ひと)に頼んで殺してもらうっちゅうのは、ようわかる……。

女1　（立って）私、先に帰ってますから……。

男1　ちょっと、奥さん、待って下さい、あきませんて……。

女1　大丈夫です。この人、すべてわかってますから……。

男1　わかってるって………

男2　帰ったほうがええ……。言うん忘れとったけど、トウヤマって女の人が待ってるんや……。

女1　トウヤマさん……？

男2　うん、お前の中学の同級生やっていう……。太った……。

女1　集金よ……。
男2　集金……？　何の……？
女1　保険に決まってるやないの、あの人の紹介で入ったんですから……。どうしましょう、あんた、いくら持ってる……？
男2　持ってへんで。コーラ買う金もなかったんやから……。
女1　（男1に）あんたは……？
男1　私かって持ってませんよ、何を言うてるんですか……。
女1　でもね、これは大変なことなんよ。いつもは普通の集金の人が来るんですから……。それが暫く滞納して、紹介者のトウヤマさんが来たっていうことは、ここで払わへんかったら無効になりますってことやの……。
男1　そんなこと、私に言われたって……。
男2　そやから、ただ貸してくれって言うてるんやないで、お前、なんぼもらうことになってるんや……？
男1　なんぼって……？
男2　私を殺したらや……。
男1　ですから……。
女1　条件があって……（男1に）条件て言うても、あの条件のことやありませんよ。保険金が

　二千五百万の時は五十万……。
男1　八十万て言いましたよ……。
女1　ああ、八十万……。事故特約がついて五千万おりた時は、百五十万……。
男2　事故特約つくに決まってるやないか。殺人は事故やろう……？
男1　やと思いますけど……。
男2　二百万出す……。（女1に）ええやろう……？
女1　百八十万にせえへん……？
男2　二百万や……。死ぬんは私なんやから……。（男1に）ええか、そこで二百万入るうちの……（女1に）当面いくらあればええんや……？
女1　そうやね、二か月分払っておくとして十六万……やなくて十七万六千円……。
男2　十七万六千円を、今立て替えておいてくれへんかって、言うてるんや……。
男1　立て替えておくって何ですか……？
男2　そやから……、わからへんかなぁ。お前さん、間もなく二百万円手に入るんやで。私が死んで、こっちに五千万入ったらな……。そのうちの十七万六千円を、今、立て替えて……やないな、貸してくれって言うてるんかなぁ……。
女1　それやったら、あんた、私に五千万入ったら、この人に二百十七万六千円払うの……？
男2　そうやないよ。二百万は二百万でええんやけどな……。

男1　ほんなら、私か立て替えた十七万六千円はどないなるんです……？
女1　言うときますけど、まだ立て替えてないんよ、あんたは……。立て替えようとしてるだけ
……。
男2　ええわ、ほんならこういう風に考えよう……。お前さんは私を殺したら二百万円もらうんや
なくて、二百万から十七万六千円引くといくらや……？
女1　百八十万と……ちょっと……。
男2　百八十万とちょっともらえる……。
男1　ちょっと……？
男2　百八十万とやで……。
男1　でも、今、二百万て……。
男2　そうやない。百五十万やったんや、最初は……。それを話し合いの上、百八十万とちょっと
にしたんやないか……。
男1　その、ちょっとっていうんがなぁ……。

上手より、女2が現われる。

女2　何ですか、ちょっとって……？

男2　いや、こっちの話……。
女2　おままごとですか……？
女1　そうなんです……。
女2　すいませんけど、見かけませんでした、パジャマ着て、アイスボックス持った男の人……？
男1　パジャマ着て、アイスボックス持った男の人……？
女2　泥棒なんですよ。本当はお巡りさんなんですけどね。うちの入院患者なんです。
男2　泥棒で、お巡りさんで、入院患者……？
女2　ええ……。
女1　アイスボックスを盗んだんですか……？
女2　その中に入っている腎臓を……。
女1　腎臓……？
男2　誰の……？
女2　その人のなんですけどね……。
男1　ほんなら、泥棒やないやないんか。
女2　でもそれは、ほかの人に移植することになってたんですよ。そやからうちでお預りしてたんですけど、その移植してもらう人が、なかなかお金を用意出来なくて……。
女1　大丈夫ですよ……。

女2　何が大丈夫なんですか……？
女1　間もなくその人、お金用意出来ます……。
男2　お前、何でそんなこと言えるんや……？
女1　わかるんですよ、私には……。（男1に）あんたにもわかってるはずですよ。そやから早くお金出して……。
男1　お金って……？
女1　言うたでしょう、十七万六千円……。
男1　ないでぇ……。
男2　ない……？
男1　持ってるわけないやないか、そんな大金……。
女2　三百万ですよ、腎臓は……。
女1　わかってます。それがあれして……、あれするんですから……。
男2　（男1に）なんぼ持ってるんや……？
男1　そやからな……（ポケットから出して）三千、二百、三十円……。
女1　冗談やないわよ……。
女2　三百万って言うたんよ、私は……。
男2　そやから、その話やないって言うてるやろう。（男1に）うちへ帰って持ってくるんや……。

男1　ないで、うちにも……。
女1　貯金は……？
男1　貯金……？
男2　なんぼある……？
男1　でも、お前、それはいざという時のために……。
女1　いくら……？
男1　二十三万と………
女1　おろしてきて……。
男1　だって、お前、それおろしてしもたら、俺……。
男2　ええから……。それがすぐ二百万……やなくて、なんぼやっけ……？
女1　百八十万とちょっと……。
男2　百八十万とちょっとになるんやから……。
女2　どうやって……？
女1　いいんよ、あんたは……。
男2　行け……。
男1　でもなぁ……。（と立ち上がり）俺、ハンコをどこにしもたか……。（と、下手へ）
女2　なんで、あの人、裸足なん……？

女1　私が預かってるんですよ……。(出して男2に)お金持ってきたら、返してあげてちょうだい。私、トウヤマさんあまり待たせるわけにいかへんから、帰ってますけど、お金もらったら、すぐ届けて下さいよ……。
男2　ええけど……。俺、殺されるんやなかったか……?
女1　そやったわね、(女2に)あんた、もう暫くここにいます……?
女2　いませんよ。私、探しに行かなあかんのですから、ツゲさん……。入院患者の、お巡りさんの、泥棒……。
女1　すぐですよ。今のあの人がお金持って帰ってくるまで……。そうしたらこの人、殺されるかもしれませんからね……。
女2　なんで殺されるんです……?
女1　ええんですよ。それは、あんたとは関係ないんですから……。ただ、その時、お金預かって欲しいんです……。死体に持たせとくわけにはいきませんでしょう……?
女2　何のお金を……?
女1　そやから、今の人が帰ってきて、この人に渡すお金です……。(下手へ)
女2　だって、この人は死体なんでしょう……?　奥さん……。
女1　(下手に引っこみながら)トウヤマさんにわけを話したら、私もすぐ来ますから……。
女2　(男2に)トウヤマさんて、誰です……?

男2　保険の外交員……。（懐から証書を出して）これ……。
女2　これって……？
男2　保険証書……。
女2　あんた、こんなもんいつも持って歩いてるんですか……？
男2　だって、これしかないんですから、今の私には……。額面二千五百万円……、事故の場合は特約がついてるから、五千万円……。ね、ちょっと殺してみたくなりませんか……。
女2　いくら……？
男2　何が……？
女2　殺したら……？
男2　殺したら……？
女2　簡単ですよ。私、今はこうした外の仕事をしてますけど、元々は看護婦ですからね……。薬も手に入るし……。
男2　でも、もう頼んでしもたらしいんですよ、家内が………
女2　誰に……？
男2　ですから、今の………裸足の……。
女2　いくらで……？
男2　百八十万とちょっと、で……。

女２　ちょっとって、何です……？
男２　いえ、その点についてＩは、少しこみいった事情がありまして……。
女２　でも、あかんわ、あのタイプは……。
男２　あかん……？
女２　そりゃあ、何かの拍子に間違って殺してしまうことくらいあるかもしれませんけど、ねらって殺せる人やありません……。
男２　あんたは大丈夫なんですか……？
女２　言いましたでしょ。看護婦なんですよ、私は……。
男２　いや、でも、看護婦さんていうんはそやない人なんやないかって思ってますからね、私らは……。
女２　三百万出して下さい……。
男２　何ですか、三百万て……？
女２　三百万必要なんです。と言いますのはね、腎臓の必要な人がいて、その人に腎臓を売るっていう人もいるんですが、それを買う三百万がないんです……。
男２　それをあんたが出してやるんですか……？
女２　婚約者なんです、私の……？
男２　その腎臓のない人が……？

女2　ないんやなくて、機能してない人なんですけどね……あんた、間もなく死にますから言うんですけど、その人の元の奥さんに注射したのも、私なんですよ……。

男2　注射した……？

女2　でもそれは、私と彼が結婚するためやありませんよ。その時はそんな気はありませんでしたし、私もそれほど悪い女やありません。奥さんの保険金が必要やったんです。カワカミさんの……、いえ、その人の心臓と肝臓の移植をするためにね……。カワカミさんが……、やなくて、その人が私と結婚したいって言いだしたんは、今回の腎臓の話がはじまってからなんです……。そやから、なんでこういう話をしたかと言いますと、私には実績があるから、あんたの場合もやり損うことはありませんてことを言いたかったんです……。あの人が百八十万とちょっとで、私が三百万というと、高いように思えるかもしれませんが、いいですか、保険金を請求する場合の書類の書き方とか何かも……。

上手より、アイスボックスを持った白衣の男6がやってくる。

男6　おや、カツヤマ君……。何やってるんや、こんなとこで……。

女2　あ、先生、つかまえて下さったんですね……。（アイスボックスを受け取ろうと……）

男6　（受け取らせまいとしてひっこめ）つかまえた……？

女2　（アイスボックスを指して）それです、腎臓……。ツゲさんの……。カワカミさんに移植する……。
男6　あれか、これは……？　そうやなくてな、ゆうべ私が釣った石鯛がなくなってるんや。
女2　石鯛……？
男6　（大きさを示して）こんなんやで……。三ヶ月通ってやっと釣りあげたんやから……。それを、君、今オオバヤシの親父を呼んで魚拓を取ろうとしとったら、腎臓やって言うやないか……。腎臓の魚拓取ったってしようがないやろう……？
女2　そん中に入れといたんですか……？
男6　そやから、これと同じような……。
女2　ツゲさんです……。自分の腎臓が入ってると思って持ってったんですよ……。
男6　どこへ行った……？
女2　わかりません。（男2に）ここ、通らなかったんですね……？
男2　ええ、見かけませんでしたけど。そんなら、その人が持ってったほうに石鯛が入ってるんですか……？
男6　そうなんや、君……。（と近寄ってから女2に）この人は誰や……？
女2　誰でもありません……。
男6　ほんなら言うけど、私はな、石鯛のことをあれこれ言うてるわけやない。あんなもんは油臭うてとても喰えたもんやないし。そら、君、魚拓をとってオオバヤシの店に貼り出せば、ちょっとした評判にはなるで。なにしろ、こんな……。（と大きさを示す）

男2　（修正して）このくらいやないんですか……？

男6　（女2に）誰なんや、こいつは……？

女2　そやから、誰でもないって言うてるやないですか……。

男6　なら、ええけど。魚拓のことはともかくやな、問題は腎臓やで……。あいつがそれをどっかへ持ちこんで、これこの通りって出して見せたら……。

男2　でも、石鯛なんやないんですか出てくるんは……。

男6　石鯛……？

男2　その人の腎臓はそこにあるんですから……。

男6　そうか……。

女2　何も問題はありませんね。警察に聞かれても……。

男6　なんでそこに警察が出てくるんや……？

女2　いえ、ツゲさんがあのアイスボックスを持って、警察へ駆けこんでもって言うてるんです。その場合でもそれはうちの石鯛ですからって……。

男2　そのツゲって人なんですが、巡査なんでしょう……？　しかも闇で腎臓を売ろうとしてるんですから、警察へは……。

上手より婦人警官の格好をした女7が現われる。

男2　(女7に、男6を示して)この人です……。

女7　そうやないかと思いました……。(手錠を出し)署まで来ていただきますよ……。

男6　ちょっと待って下さい。確かにあれは私の釣った石鯛ですが……。

女7　石鯛……?

女2　ともかく、先生は釣っただけなんです……。

女7　釣ったらいけないんです。相手は未成年ですよ……。

男6　未成年……?

男2　先生、未成年の石鯛釣ったんですか……?。

男6　だって、君……。

女2　未成年の石鯛釣ったらいけないんですか……?

女7　当たり前やないですか……。(上手を振り返って)出ておいで……。

上手より、アイスボックスを持った女5と女6が現われる。

女7　この子らです。あんたが援助交際を申しこんで、それだけでも犯罪行為であるにもかかわらず、払うべきもんも払わんと、三百万円の価値があるもんやからって、あの箱を置いて逃げたんは……。（女5と女6に）そうやね……？（男6を示して）この人やね……？

女5　違う……と、思う……。

女7　違うわけないやないの。今、自供したんですから。私が釣りましたって……。

男6　違いますよ、それは……。私が釣ったって言うのは、石鯛なんです……。

女2　（女5と女6の持つアイスボックスを示して）その中に入ってるはずですよ。それは……。

女7　（女6に）石鯛が入ってたん、それには……？

女6　知らへんけど、おさかな……？

男2　（近づいてふたを開けて見て）石鯛ですね。未成年かどうかわかりませんけど……。

男6　そのことを言うたんですから、私は……。

女7　でも、あなたの釣った石鯛が、どうしてここに入ってるんです……？

男6　ですから、それをあれするんは……（女2に）あれやからね……。

女2　そうです……。あの人のことをあれするとなると……。

男2　盗まれたんです、病院から……。

女7　誰に……？

男2　つまり、こういうパジャマを着た……。

女5　パジャマ着てました、その人……。

上手よりパジャマ姿の男4が点滴用のスタンドを引きずってゆっくり現われる。

女2　カワカミさん……。
女7　（女5と女6に）この人……？
女6　……やないような気もするけど（男6を指して）この人よりは似てるよね、パジャマ着てる分だけ……。
男4　何ですか……？
女7　逮捕します。未成年者に対する性的行為強要罪……。
女2　だって、カワカミさん、今まで病院にいたんでしょう……？
男4　いたんですけどね、腎臓の……、あれをするための三百万円が入ったって……（女1を探して）あれが携帯電話に入ったもんですから……。
女2　まだよ……。
男4　まだ……？
女2　それはこれから、私がこの人（男2）をあれして、それからのあれですから……。（男2に）ね……。

男2　でも、三百万てのは、あんた……。私のあれしたあれは百八十万とちょっとで……。
女7　その三百万ていうんは何です……？
男6　それは、関係ないんですよ……。
女7　でも（女5と女6のアイスボックスを示して）それ、三百万円やって言われたんやね……？
女6　（女5に）言われたよね……。
女5　持ってくとこへ持ってけばって、話やったけど……。
女7　持ってくとこって……？

上手より看護婦姿の女4が現われる。

女4　カワカミさん。あかんやないですか、こんなとこまで出てきたら……。
女5　（女6に）幸町診療所って言うてなかった……？
女4　うちですけど、幸町診療所って言えば……。
女7　（女4に）それやったら、お宅は……。
男6　違いますよ。確かにうちは診療所で、ちょっとした手術くらいの設備はありますけど、腎臓を買ったり売ったり……。
男2　先生、でもこれは、石鯛ですから……。

男6　あ、石鯛な……。石鯛のほうか……。
女7　（あらためて女4に）お宅では、石鯛を三百万円で買うんですか……？
男6　ちゃうんです。それは私の釣りあげた腎臓……やなくて何やっけ……？
男2　石鯛……。
男6　石鯛でしてね。あんまり大きいんで……もちろん、今見るとそれほどでもないんですけど、魚拓にとろうとか、そういう話をしてたんです……。それをツゲ君が聞いてて……。
女7　ツゲさんて誰です……？。
男6　（女2に）誰やっけ……？
女2　誰でもありません……。
男6　その……。この子らに援助交際を申しこんだ人ですわ……。それが聞いて、おそらく三百万くらいするやろうと……。
女7　思うやろか……？。
女4　思いませんね………
男6　（女4に）何を言うてるんや、君……。

パジャマ姿の男3が自転車に乗って、下手から上手へ走り抜ける。

女5　え……？
女6　何……？。
男2　ですから、三百円て言うたんやないですか、その人は、この子らに。それをこの子らが三百万円と勘違いして……。
女6　阿呆なこと言わんといてよ……。
女5　私らに三百円なんて人、いるわけないやない……（女6に）ねえ……。
男6　それにこの石鯛を見たら、君、誰かって三百円はないやろ。せめて千二百円とか……。
女7　ともかく、いいですか……。

女1が下手から現われる。

女1　えーと、あの人、どうしました……？　十七万六千円の……。
男4　（女1に）奥さん、やなくて、ミズノさん……。
女4　ミズノさん……？　そうそう、忘れてたわ……（とポケットから携帯電話を出し）カワカミさん、これ忘れてましたよ。屋上のベンチの上に……。それで、ちょうど電話がかかってきたんで、受けときましだけど。ミズノさんって言うておられましたから……（と、女1に）あなたですか……？

女1　そうかもしれません。今、家を出るときに掛けましたから……。

女4　（男4に電話を渡しながら）もう今ごろは、御主人が亡くなってるころや、って伝えて下さいって……。

男4　死んだんですか……？

男2　生きてるで、俺は……。

女1　あなた……。

男2　だって、あいつまだ来(け)えへんねんから……。それにな、今この人（女2）が三百万であれしてくれるって言うてるんや……。

女1　でも、あの人は百八十万とちょっとですよ……。

女7　ちょっと待って下さい。何ですか、その三百万とか、百八十万とちょっとって言うんは……？

男6　ええんですよ。これは私らとはまったく関係のないことなんです……。

男4　関係ありますよ。だって、この人（男2）があれすると、ミズノさん、やなくてまだタドコロさんの奥さんなんやけど……、に保険のあれが入って、その内の三百万円をツゲ……やなくてあの人に払うと先生がツゲ……やなくてあの人の……（アイスボックスに目が向く）これを……。

女7　石鯛……？

男4　石鯛を私に……。
女2　石鯛を移植してどうするんです……？　それに、あんたなんでこの人（女1）から三百万円もらうの……？
男4　いや、もらうんやなくて、たまたま御主人が死んで保険金が入ったから……。
男2　まだ死んでないって言うてるやろ……。
女7　わかりました。ちょっと待って下さい。話を整理しますから……。ひとまず、（男2に）あなた、死ぬんですね……？
男2　死ぬんですけどもね……。
女1　でも、まだどちらがあれするかっていうのが決まってないんですよ……。そやから、この人（女2）は三百万て言うてますけど、あの人は百八十万とちょっとでいいって言うてるんです。あの人っていうんは、今ここにいませんけど、なんでいないか言いますと、十七万六千円を銀行からおろしてこようとしてるからなんですけど、その十七万六千円いうんは、私どもが払わなあかん保険料なんですよ……。つまり、その保険料が払えないと、この人（男2）保険に入ってないってことになりますから、殺しても……、やなくて死んでも、何にもならへんのです……。

やや、間。風の音……。

女7　じゃあ、なんですか、私ら、その人を待ってるんですか……？　十七万六千円持ってくる人を……。
女1　そう……なんかしら……？
女4　でも、奥さん、葬儀社はどうします……？
女1　葬儀社……？
女4　だって、あなた、そう言うたんですよ、さっきの電話で、ついでですから、葬儀社の手配をしておいて下さいって……。
男6　ここへ来るんか……？
女4　ええ、ここでこの人（男2）が包丁でお腹刺されて死んでる、ってことになってたんですから……。
女7　包丁でお腹刺されて……？
女2　違うんですよ……。（男2に）違うんでしょう……？
男2　だって、百八十万とちょっとなんやから、そっちのほうは……。
男4　ともかく、十七万六千円を待ちましょう。それがけえへんことには、全てが水の泡になるんですから……。
男6　そうやな。私らは引揚げよう……。（と、腎臓が入っているアイスボックスを……）
男4　でも、先生……。

男6　大丈夫や。彼があれして、彼女にあれが入って、彼女から君にあれが入ったら、私のほうでちゃんとあれしてやるから……。（アイスボックスを持つ）
女7　ちょっと待って下さい……。
男6　何ですか……？
女7　それは、何です……？
男6　これは、違いますよ……。
女7　どう違うんです……？

上手より、パジャマ姿の男3が自転車に乗って走ってくる。

男3　私のや、それは……。（自転車を降りて、アイスボックスに……）
女7　ツゲさん……。入院中やったんやないんですか……？
男6　（アイスボックスを取られまいとして）これは違うよ。
男3　違わへん、寄こせ……。
女5　この人です……。
女7　何、この人って……？
女6　そやから、私らに援助交際申しこんで……。

男3　ウソつけ。お前らのほうがやろうって言うてきて、私が断ったら、これ持って逃げたんやないか……。
男2　それは、これやなくて、（石鯛のほうのアイスボックスを示し）あっちですわ……。
男3　あっち……？
女2　石鯛よ……。
男3　阿呆言え。そんなら、俺の腹裂いて、石鯛取り出したって言うんか……？
女7　それは、何の話……？

上手より、葬儀社の格好をした女3と男5が遺体を乗せる台車を押してやってくる。

女3　えーと、こちらですか……？
女4　すみません、まだなんよ……。
男5　まだって言いますと……？
女4　見たらわかるでしょ、まだ死んでないんよ……。
女3　いつになるんです……？。
女4　（女7に）こう言うてますが……？
女7　何です……？

女4　葬儀社の人らが来てるんです。で、いつ死ぬんかって聞いてるんですよ……。

女7　（いきなり大声で）私にわかるわけないやないですか。一体、あんたら、何やってるんです……？

下手より、男1、ゆっくり現われる。

男1　おままごとやで……。

女1　十七万六千円は……？

男1　銀行、閉まっとった……。

《暗転》

《三場》

場面は同じ。下手より男1が、ゴザとバスケットを持って現われ、一度上手に引っ込んでから引返してくる。

男1　やっぱり、ここやな……。

電信柱の下でゴザを敷き、バスケットを置き、履物を脱いで上がる。ほとんど同時に、上手よりホームレス姿の男6が、紙袋を持って現われる。

男6　何や……？

男1　おままごとやで……。

男6　よし。わかってるな、お前、お母さんやれ。俺、お父さんになって、そこからただいまって帰ってくるから……。

男1　ちょっと、待て。誰も、お前とやろうなんて言うてへんやないか。

男6　わかった。ほんなら、お前、お父さんやれ。俺、そこに坐ってメシの支度をしてるから……。（紙袋の中から出しながら）ちゃんとエプロンも用意してあるんや……。
男1　やめ、って言うてるやろう。勝手に上がんな、阿呆……。お前とはやらへんわ、おままごとは……。
男6　ほな、お医者さんごっこか……？
男1　お医者さんごっこもやらへんわ。何なんや。一体お前は……？
男6　お医者さんごっこなら、俺、やり方を知ってるで。元医者やからな。闇で腎臓移植やって、医師免許取りあげられたんやけど、やり方は知ってるんや。そこに寝てみろ……。道具も揃っとる……。
男1　やらへんって言うてるんや、俺は……。それにお医者さんごっこちゅうんは、医者のやり方知ってる奴やなくて、知らへん奴がやるもんなんや……。
男6　そやからな、そういうガキがやるようなお医者さんごっこやなくて、本当の医者が本当にやるお医者さんごっこちゅうのをやってみせたろうって言うてるんや、俺は……。ほら、横になれ……。
男1　やめえ。そんなことやってどこがおもろいんや……。（と、もみあう）

上手より、同じくホームレス姿の女4が現われる。

女4　先生……。何やってるんです……？
男　（もみあうのをやめ）先生って言うなって言うてるやろう……。元医者やって、バレてまうやないか……。
女4　すみません……。つかまえてきましたけど……。
男6　つかまえてきた……？　何を……？
女4　人質です……。
男1　人質……？
女4　（上手を見て）おいで……。

学校帰りといった格好の女5と女6が現われる。

男6　それ、人質か……？
女4　そうですよ。先生、誰でもええって言うてはったやないですか……。
男6　誰でもええとは言うたけどもな……。（と、二人に近づき）それほどええとこの子やなさそうやないか……。
女5　何、この親父……。
女6　ほんまや、いやな感じ……。

男1　（女4に）誘拐ですか……？
女4　そうなんですよ。身代金取って、自前の手術室作るって言うんです……。闇で臓器移植するためのね……。
男1　でも、なんで逃げへんのです……？
男6　逃げへん……？
男1　だって、逃げへんやないですか……。
男6　（二人に）なんで逃げへんのや……？
女6　何言うてんの、この人……。
女5　この人（女4）がつかまえたって言うたからやないの……（女6に）ねえ……。
女4　つかまえたんです、私、今そこで……。
男6　（男1に）つかまえたからなんや。このサワダ君がな……。（女4に）そんで、逃げへんでくれって、頼んであるんやろう……？
女4　そうです……。
男6　そやから、逃げへんのや。よし、君、この二人預っとってくれ……。
男1　ちょっと待って下さい。いやですよ、私は誘拐なんて……。
男6　だって、おままごとしてたんやろう……？
男1　してませんよ……。あんた、どこへ行くんです……？

男６　交渉に行くんやないか、身代金の……。
男１　身代金……？
男６　そうやで……。（女４に）いくらやった……？
女４　（紙切れを出して）えーと、二億六千三百二十二万九千五八円です……。
男６　端数はええよ、端数は……。だいたい三億円やな……。
男１　それを、この子らの親からもらおうっていうんですか……？

男６、立ち止まり、ゆっくりゴザの上の女５と女６に近づく。

男６　（女５に）お父さん、何やってる……？
女５　サラリーマン……。失業中やけど……。
男６　（女６に）君んとこは……？
女６　下駄屋……。の、下請け……。
男６　家があるんやろ……？
女５　アパート……。
女６　借家……。
男６　（女４に）君……。

女4　いなかったんです……。それに……、先生。
男6　先生って言うなって言うたやろう……。
女4　それやったら……カギヤマ・センザブロウさんって言うんですか……？
男6　そうやなくて……ほな、まあ、ええわ、先生で……。
男1　カギヤマ・センザブロウ……？。
男6　（男1に）忘れろ、その名前は……。
女5　カギヤマ・センザブロウ……。
男6　お前らもや……。
女6　でも、覚えてしもたよね……。
男6　聞かへんかったことにするんや……。（女4に）そんで……？
女4　何ですか……？
男6　今、何か言おうとしてたやないか。
女4　あぁ、先生はですね、今時の人質事件は、その家族だけやなく、社会全体が責任を持つことになるって、そうおっしゃったんです……。
男6　（男1に）そうなんや。わかるやろう、今、この子らの命が危険にさらされてるとわかると、社会全体が何とかしたいと思いはじめるんや……。
男1　でも、そんなら、社会全体に要求するんですか、この子らの身代金を……？

男6　そやからね……、市役所や。そこがこのあたり一帯の住民のあれに責任があるんやから……。（上手へ）

男1　ちょっと待って下さい。あんた、そのままのこのこ出掛けて行って、三億円くれって言うんですか、市役所に……。

男6　阿呆なこと言うたらあかんよ。そこの公衆電話から電話してな……。ちゃんと、声を変えて……。

女4　市役所のどこに電話するんです……？

男6　どこって……？

女4　市役所へ電話したら、受付のもんがとって、どこへおつなぎしましょうかって聞くんです……。

男6　金のこと扱ってるんはどこや……？

男1　いきなりはあきませんよ。ひとまずは苦情受付係っちゅうのに掛けたらどないです……。

男6　誘拐って、苦情か……？

女4　この子らにとっては苦情ですけど……。

女5　コーラ飲みたい……。

男6　うるさい……。

女6　コーラ飲みたい……。

男6　うるさい……。
女5　コーラ飲みたい……。
男6　うるさい……。
女6　コーラ飲みたい……。
男6　(女4に) 買ってきてくれ……。
女4　……。(手を出す)
男6　何や……?
女4　お金です。コーラ代……。
男6　(男1に) 君……。
男1　ありません……。
男6　ありませんって、コーラ代やで。身代金が入ったら返すから……。
男1　ほんまにないんです。十七万六千円貸してあって、それが返ってくるんを待ってるんですから、今……。
男6　(女5と女6に) 君ら、持ってるんやろう……?　ちょっと貸しといてくれ……。
女5　人質やで、私ら……。
男6　しょうがないやないか、ないんやから……。
女6　返してや、身代金入ったら……。

女5　（二人の金を合せて数え）はい、コーラ二本分、二百四十円……。
男6　その、細かいのも二、三個……。
女5　何……？
男6　電話代……。
女6　電話代もないん……。ええかげんにしてや。ようそれで誘拐なんかするわね。
男6　返すって言うてるやろう、身代金が入ったら……。（上手へ）
女4　先生……。
男6　ええよ、私が行ってくる。電話するついでにな……。

男6、上手へ。

女5　持ち逃げするつもりやない……？
女4　阿呆なこと言うんやありません。外科部長ですよ、幸町診療所の……。
女6　もっと、ましなんに誘拐されたかったわ……。

下手より、同じくホームレス姿の男3が現われる。

男3　何です……？

男1　ユーカイ……。

男3　ユーカイ……？

女4　が、あったみたいなんですよ、どっかあっちのほうで……。行ってみます……？

男3　いや、以前やったら駆けつけたとこですがね。これでも、元警官ですから……。

女4　元警官……？

男3　クビになったんです。使い込みやりましてね。何か、食べるもんありませんか……？

男1　ありませんよ……。

男3　返す当てはあったんです、腎臓を売って……。ところが、あなた、それを仲介した病院が……診療所ですけどね、そこの……。手入れを受けまして……。

女4　私に覚えがありません……？

男3　あなたに……？

女4　その手入れで診療所クビになったサワダです……。

男3　あぁ、あの時の看護婦さん……。

女5　私らのこと、覚えてない……？

男3　君らのこと……？。

女6　そん時、病院抜け出して援助交際申し込んできた……。

男3　さいなら……。

男1　待てや……。

男3　何や……？

男1　もう暫くこのあたりにおったほうがええかも知れへんで。タドコロって男がおってな……。

男3　知ってるでぇ……。

男1　そいつが死ねば、何がどないなるんかようわからへんねんけど、お前さんに三百万円、入ってくるかもしれへん……。

男3　で、死にそうなんか、そいつは……？

男1　いや、死にそうやないんやけども……。

上手より、同じくホームレス姿の男2が、松葉杖と包帯姿で現われる。

男2　ユーカイ事件があったんですって……？

女4　誰に聞いたんです……？

男2　いや、そこんとこでホームレスみたいのんが電話しとったから……。

女4　先生よ、阿呆やな……。（立ち上がって）ちょっと行ってきますから……。

男1　待って下さい……。

女4、上手へ……。

男1　（その背に）あきませんよ、私は……。（あきらめて、ひとりつぶやくように）こっちのことは……。

男3　（男2を示して男1に）死んでないやんか……。

男1　そやから、死んだって言うたんやなくて、死にそうやって……。

男2　私のことかいな……？

男3　そうや。死ぬ死ぬって言うて、ちっとも死なへんやないか……。

男2　しょうがないやろ……。こいつ（男1）がようないんや……。出刃包丁っちゅうのはなあ、刺すんや、殴るんやなく……。

男3　（男1に）お前、出刃包丁で殴ったんか……？

男1　（男2に）逃げたからや、お前が……。

男2　そら、逃げるわ。殺されそうになれば、誰かて逃げるんやろ……。

男1　それを追いかけてって、ガツンとやったら、刃が逆やったんや……。

男2　コブが出来たわ、ほら、ここんとこ……。

男3　お前ら、じゃれてんのか。真剣にやれや、もっと真剣に……。（男1に）貸してみい……。

男1　何を……？
男3　出刃包丁や……。
男2　お前、やめぇ。お前がやると、ほんまに殺されそうな気がする……。
男3　ほんまに殺されなぁかんのやで、お前は……。
女5　おっちゃんら、殺し合いすんの……？
男1　せえへん……。ちょっとやり方をあれしてみるだけやから……。
女6　死ぬんやったら、首吊ればええんやない。このあたりにロープひっかけて……。
男2　あかん……。近ごろの若いもんは何を勉強してるんや。自殺は保険金がおりへんのやで……。
女5　おりるよ……。
男1　おりる……？
女5　おっちゃんら、保険証書読んだことないん？　自殺でも、掛けはじめてから一年以上経てば、保険金おりることになってるんやから……。
男3　いつや、入ったんは……？
男2　さぁ……。一年は経ってると思うけど……。
男1　保険証書持ってるんやろう……？
男2　今は家内が持ってるんや……。もちろん、もう家内やないんやけどな……。お前に借りた

　十七万六千円の保険料払うために、それもって……。
男3　自殺せえ。それが一番ええ。誰にも迷惑がかからへんし……。
男2　でも、その場合、五千万が二千五百万になってしまわへんか……？
男1　ええよ、この際……。ともかくそれが入らへんことには、俺かって、こいつかって身動きがとれへんのや……。
女6　ロープある……？
男1　あるで……。（バスケットを……）
男2　お前、何でそんなもん持ってるんや。
男1　おままごとやからな……。（出す）
男2　おままごとで、首吊り自殺なんかするか……？　それに、ええか、俺は首吊りはあかんのや……。
男1　なんで……？
男2　見たことがあるからな。子どものころ、一度……。そやから、同じ自殺するにしても……。
男3　よし……。（立ち上がって）行こう……。
男2　どこへ……？
男3　そこに、グリーン・ハウスってビルがあるからな。その屋上から落ちろ……。
男2　待ってくれや。そんなにせかさんでも……。

男3　せかす……？　阿呆なこと言うんやないで。お前はもう、五日も前に死んでなあかんかったんやぞ。お前が死ぬ死ぬって言いながらいつまでも生きてるおかげで、まわりのもんがどれだけ迷惑してるか、わかってんのか……？

男2　そんならまるで、俺は生きとったらあかんみたいやないか……。

男1　生きとったらあかんのや。お前は……。

男2　わかったよ。でも、注射もしたんやで、俺は……。

男3　注射って、何の……？

男2　そやから、そこの診療所の、外まわりやってた看護婦の……。

男1　いつ……？

男2　ゆうべ……。

男1　だって、生きてるやないか……？

男2　そうなんや。そやからな……。

上手より、女2、現われる。

女2　すみません。うちの人見かけませんでした……？

男3　うちの人……。

女2　そやから、カワカミさん、パジャマ着て、こうして点滴のスタンド持って……。
男1　見いへんで。お前さん、こいつに注射したんやって……？
女2　あぁ、そうなんですよ……。（男2に）ごめんなさい。あれ、間違い……。
男2　間違い……？
女2　そんなに大げさに考えないで下さい……。よくあることなんですから……。あれ、あっちのほうのあれやなくて、ビタミン剤やったんです……。
男2　ビタミン剤……？
女2　元気が出てきたんやありません……？　それはいいんですけどね……。（と、男1に）
男1　ようないわ。こいつはすっかりその気になってたんやから……。
女2　まだその気があるんでしたら、私、今夜……あぁ、あかんわ。私、あの診療所クビになったんやった……。（男1に）それでね、ものは相談なんですけど……。
男3　（男2に）行こう……。落ちるんが一番わかりやすい……。
男2　でもなぁ……。
女2　どこへ行くんです……？
男1　グリーン・ハウスの屋上から飛びおりるんや……。
男2　家内が来たら……。あぁ、もう家内やないんやけど……。そういうあれやって……、そやから、落ちることにしたからって……。

男3　ほら、元気出せ、人生終ったわけやないんやから……。
男2　終ったんや……。
男3　あぁ、終ったんや……。

男3と男2、上手へ去る。

女2　それでね、私、カワカミさんに渡す腎臓のお金三百万、何とかしなあかんのですけど、診療所クビになりましたからね。ちょっとやそっとのことじゃ三百万なんてお金、こしらえられへんのですよ。それで、あなたに手伝ってもらって、この際思い切ったことを……。
男1　銀行強盗……?
女2　阿呆やね、リアリズムで言うてよ。こっちは真剣なんやから……。ユーカイ……。
男1　ユーカイ……?
女2　そう。わかってるわよ。そんなんうまくいきっこないって、そう言いたいんでしょ。ところが、そうやないの。いい……?　今まで失敗してたんは、お金とらなあかんいうて、いいとこの子をねらったせいなんよ。そうやなくてね、人質にとるんは、そこいらあたりを歩いてる貧乏人の子でええの。ほら、いたやろ、援助交際しようって言うてた、変な女学生みたいな……。
男1　こいつらのことか……?

女2　あら……。（と、あらためて二人に気づき）いたん、あんたら……？
女5　いたわよ……。
女6　さっきからよ……。
女2　ちょうどよかったわ、あんたら、人質になりなさい。ってね、このユーカイ事件の新しいところは、人質にも協力してもらうところにあるんよ。（二人に）いいでしょ、別にあんたらの家から身代金もらおうっていうんやないんやから……。
男1　市役所からとるんか……？
女2　そうなんよ。なんでそうするかっていうと……。
男1　人質の命が危険にさらされてるとわかると、社会全体が何とかしたいと考えるからやろ……？　そして社会全体というと、このあたりの窓口になるんは市役所やからな……。
女2　誰に聞いたん……？
男1　誰ってわけやないけど……。
女2　ともかく、そういうことにして……と……。（立ち上がり）人質はもういるわけやし……。それやったら、私、これから……。

と、女2上手へ行こうとすると、同時に上手より、大きなジュラルミンのトランクを持った女7が現われる。私服である。

女2　何ですか……?

女7　ユーカイ事件……。

女2　ユーカイ事件……?

女7　(トランクを置き)どうせ、ガセネタでしょうけどね……。

男1　誰が誘拐されたんです……?

女7　どこかの女の子……。はっきりせえへんのですよ、脅迫電話掛けてきたんが素人でね……。(トランクに腰を下して携帯電話を出す)さっぱり要領を得ないんですけど、一応人命のかかってることですから……。(と、トランクを示し、電話へ)

女2　(男1に)じゃ、私……。

男1　あかん……。

女2　なんで……?

男1　だって……。(女7を目で示す)

女2　私のは別口……。

男1　別口やないんやから……。

女7　何をそこでごちゃごちゃやってるんです……? (電話に)はい、ハルヤマです。第一現場に到着しました……。はい、わかってます……。ええ、指示を待ちます……。(と、電話を切る)

女5　第一現場って。何……？

女7　犯人が身代金を届けろって言うた最初の場所や。もちろん、どんな間抜けな犯人かって、ここへのこのこ取りに来るようなことはしませんけどね……。そやから間もなく、どこそこへ持ってけっていう指示があるはずですけど……。（と、上手を）

男1　そんなら、それ（と、ジュラルミンのトランクを指し）あれですか……？

女7　そう、身代金……。

女6　三億円……？

女7　ええ……。これやろか……？

上手より、点滴用のスタンドを引きずって男4が現われる。

女2　カワカミさん……。

男4　やぁ……。ちょっと話したいことがあってね……。

女7　（男4に）あなた……？

男4　何ですか……？

女7　（女2に）あなた、カワカミさんって言いました……？

女2　ええ、カワカミさんです。うちの……やなくてそこの診療所の患者さんの……。

女7　本名カギヤマって言うんやないでしょうね……？

女2　カギヤマ……？

女7　そう名乗ったんです。脅迫電話の男は……。もちろん本名やないでしょうけどね。そんなところで、本名名乗るなんて人はいませんから……。

男4　脅迫電話……？

男1　ユーカイ事件や……。

男4　やないかと思った……。（女7に）あなた、お巡りさんでしょう……？

女7　いいえ、私、母親です。誘拐された女の子の……。

女5　何言うてんの、この人……。

女6　そういう風に言わなあかんのやないん、ユーカイ事件の時は……。

女7　阿呆なこと言うんやないの……。（と、あらためて二人に気づき）何、あんたらなん……。

男4　そうですよ。あなたも、あの時のお巡りさんです。そして、犯人はこの人です……。（と、女2を指す）

女7　犯人て……？

男4　ユーカイ事件の……。

女2　何言うてんの、あんたは……。

男4　知ってるんやから、私は……。あなたともうひとりの看護婦と先生が、クビになった夜、診察室の中で言うてたやないか。ええとこの子をねらうからあかんので、貧乏人の子をねらって、社会全体に責任を持たすんが……。

女7　それじゃ、何ですか、うちの子はええとこの子やないって言うんですか……？

男1　やめよう。もうバレてんやから。お前さんがお巡りさんやってことは……。

男4　（女2に）そらあ、あんたが、私の腎臓を買う三百万をかせごうとして、こんなことをしたんはわかってるで……。でもな、こんなことをしてかせいだお金で、私が腎臓を手に入れて、嬉しいと思うか……。

女2　ただね、タドコロさんの注射も、私、間違えてしもたんよ……。

男4　ええって。それはそれで別のことを考えてるから………、な、自首しよう……。

女2　自首……？。

男4　ユーカイ未遂や……。

女2　でも、やってないよ、私は……。

男4　やってるって……。現に……（と女7のトランクを示し）それ、三百万円でしょう……？

女7　阿呆なこと言うんやありません。三億円です……。

男4　三億円……？

女7　でも……、今ここの誰かで、これが三億円やってこと、知ってた人がいたわね……。

男1　相場やないですか、最近のユーカイ事件の……。

女7　そうかもしれへんけど……。
男1　まさか、女の子二人ユーカイしといて、身代金三百万円はないでしょう……?
女7　二人……?
男1　二人……、やないんですか……?
女7　私の聞いてたんは、一人ですよ……。
男4　二人です。(女5と女6を示して)この二人ですよ。そう言うてたんですから、援助交際やってるあの阿呆な二人をって……。
女7　(二人に)あんたら、人質……?
女2　でも人質やったら、縛られて、猿ぐつわかなんかかまされてるんやありませんか……?
女7　そうやね……。(男4に)それに、いいですか、あなたの推理の決定的な間違いを教えてあげます。脅迫電話を掛けてきた相手は、男やったんです……。男の声で、カギヤマ・センザブロウって名乗ったんですからね……。

男4、倒れる。

男1　(助けて)どないした……?
男4　心臓が……。

男1　（女2に）救急車……。

女2、携帯電話を出して掛ける。

女7　こういう風にね、犯罪に素人が口を出すようになってからですよ。優秀やと言われてた日本の警察の検挙率が悪くなったんは……。それにしても……（と、これも携帯電話を掛け）次の指示はどうなってるんやろか……？
女2　（電話に）そやから、これから倒れるんやなくて、現にもう倒れてるんです……。

上手より、コーラを持った男6と女4が現われる。

男6　やあ、遅なって申しわけない。市役所っちゅうとこは、君、どうしようもないとこでな……。（男4を見て）どないしたんや……？
男1　心臓です……。
女4　カワカミさんやない……？
女2　そう……。今、救急車来るから……。
男6　信じへんのか、私の言うことを……。（女5と女6に）はい、コーラ……。

女5　これ、違う………

男6　違う……？

女6　ま、ええけど。ほんまはノンカロリーの奴……。

女4　寝てなあかんのよ、まだ……。

女7　（電話に）はい……。それじゃ、まだこのままここにいていいんですか……？

男6　（トランクを見つけて、男1に）あれがそうなんやろ……？

男1　あかん………

男6　ああ、まだな……。（女4に）君、そのあたりを、ざっとあれしてくれへんか……。

女4　何ですか、ざっとあれしてって……？

男6　そやからな、取りかこまれてたら阿呆みたいやろ……？　こういうあれっていうんはな、この瞬間があれなんや……。

女7　（電話に）え……？　誰も待機してないんですか、今このあたり……？　飛び降り自殺、グリーン・ハウスで……？

男1　飛び降りましたか……？

女7　（電話に）ええ……。まだ……？　ためらってる……？　それで、そっちへ行ってしもたんですか、ここにいるはずのもんが……。

女2　（男6に）先生……。

男6　何や……？
女2　一緒にやるって話やったんですよ……。
男6　そやからな、なんぼかそっちにもまわすから、ともかく、ここまできたんや、そこにあるんや、あれが……。
女7　（電話に）はい、わかりました、早くして下さいね。こっちかて、いつ犯人が来るか判れへんのですから……。
女2　名前、バレてますよ、先生の……。
男6　そうなんや。思わず言うてしもてな。でも、この私がそうやとはわからへんから……。

女4、上手から走ってくる。

女4　来ました……。
男6　よし……。（走り寄って、トランクに手をかける）
女7　何するんです……。（男6を突きとばす）
女2　救急車の人よ。阿呆やね……。

女3と男5、台車を押して現われる。

女3　もう死んでるんでしょうね。今度は……。
女2　死んでへんわよ。あんた葬儀社……。
男5　救急隊員です。時々、アルバイトで葬儀社のほうもやりますけど……。
女7　（男6に）何なんです、あなた……？
男6　何でもありません。今、誰か来たって聞きましたからね、何か、大切そうなものですから、盗られたらあかんやろうと思いまして……。
男4　（台車に乗せられながら）そいつが犯人ですわ……。
男1　やめ……。
女7　犯人……？
男4　ユーカイ事件の……。
男6　阿呆なことを言うたらあかんで……。
男4　カギヤマ・センザブロウって言うんです、その先生……。
女7　カギヤマ・センザブロウ……？
男6　いやいや……。
女2　間違いありません。そこの診療所の元医者ですから、調べればすぐわかります……。（男6に）さよなら、先生……。

女3と男5、男4を台車に乗せて、上手へ。女2もそれについてゆく。

女7　本当に、素人はこれだからいやになるわ……。

女4　でも、お巡りさん……。

女7　わかってます。脅迫電話にわざわざ本名を名乗る阿呆がどこにおるって言うんですか……。あなたがカギヤマ・センザブロウさんなら、それだけであなたが犯人やないってことがわかりますよ、私には……。

女5　でも、犯人がものすごい阿呆で、思わず本名を名乗ってまうってことも、あるんやない……？

女6　あるわな……。

女7　ありません。ユーカイっていうんは、粗暴犯やない、知能犯ですよ……。

女4　その……それに三億円入ってるんですか……？

女7　そうですよ……。

男6　そうするとですね、今までまわりにいた警官は、みんな飛び降り自殺のほうへ行ってしまって、ここにはあなたひとりで……？　そこで、知能犯やなくて、粗暴犯のようなんが現われてあなたを抱きすくめてる間に、そうやないんがそれを持って逃げたら……？

男1　その粗暴犯のようなんって、俺のことか……？
男6　いや、例えばや……。
女7　やってみたら、どう……？
女4　私は何をするんです……？
男6　逃げるんや私と……。それ持って……。
男1　俺はどないなるんや、その後……？
男6　お前はええんや、何も知らへんねんから、粗暴犯は……。
女4　やる……？
男6　うん……。
男1　ピストル持ってるんやないか……？
女7　持ってへんわよ、ほら……。やる……？

全員、一瞬緊張するが、誰も動かない。

女7　素人……。気の毒やから教えてあげるけど……。（と、トランクを開き）中は新聞紙よ……。
　こういう場合、私らが本物のお金持って来ると思う……？

やや、間。風の音……

男6　そんなら……。
男1　何や……？
男6　行くわ……。
男1　ここをどないするんや……？
男6　どないでもしてくれ……。お前のおままごとやろう……。（女4に）行こか……。
女4　ええ……。さよなら……。

男6と女4、下手に消える。

女5　（立ち上がって）面白くも何ともなかったやない……。
女6　（立ち上がって）ほんまやね……。（男1に）帰ってええ……？
男1　ええよ。少くとも俺は、一度だって帰ったらあかんなんて言うてないんやからな……。行け、早う……シッ……。

女5と女6、下手に消える。

女7　あなた……？

男1　何が……？

女7　犯人よ、ユーカイ事件の……。

男1　何を言うてるんや……。

女7　あの二人がほんまに人質やったんやとすれば、追っ払い方が少し性急すぎたような気がするし、それに私ら玄人はね、一番怪しくなさそうな人間を怪しめって言われてんの……。

下手より、女1がものうくハミングしながら現われる。

男1　玄人やか何かは知らへんけどな、正直言うてお前さん、今、目の前で何がやられてるんかってことも、見えてへんわ……。

女7　阿呆なこと言わんといてよ。すべて見えてます、私には……。今、あなたがそこにいて、この人（女1）がこっちから歩いてきて……。（携帯電話が鳴る）はい……。（と、受け）ハルヤマですが……。え……？　落ちた……？　グリーン・ハウスの飛び降り自殺ですね……。すぐ行きます……。

女7、トランクを持って上手へ。

女1　どうしたんです……？

男1　今ここで、あのお巡りの目の前で、ユーカイ事件があったんですけど……。いや、そうやない、奥さん……。（と、指さし）落ちました……。

女1　何が……？

男1　何が、やありません。お宅の、ご主人……やなくて、元のご主人……。行きますか、あそこのグリーン・ハウスっちゅうビルです……。

女1　行ってもしょうがないでしょう……。

男1　そうですね、行って、怪しまれても何やし……。いや、怪しまれることはないか、自殺ですから……。

女1　自殺……？

男1　ええ、でも大丈夫なんですわ。かけて一年以上たってれば。証書持ってます……？。

女1　いいえ……。

男1　どないしたんです……？

女1　間に合わなかったんですよ。せっかくあなたに十七万六千円お借りして、払い込もうとしたんですが、その前にアパートの大家さんにお会いして、三か月分たまってましたんでね……。

男1　ほな、保険は……？
女1　切れちゃったんです……。
男1　だって、奥さん……。（上手を見つめる）そんなら、あいつ、ただで死んでしもうたんです
よ……。
女1　あの人はね、そんな悪い人やなかったんですが……、（と、履物を脱いでゴザに上がり）何
をやっても駄目な人でした……。（と、座る）
男1　そら、そうですが……。

やや、間。風の音……。

女1　ねえ、おままごとしません……？
男1　おままごと……？
女1　やり方はわかってますでしょう。あなたがそっちから帰ってきて、ただいまって言うんです
……。
男1　わかってますけどね……。（ゴザに近づき）ただいま、今、帰りました……。（履物を脱いで
ゴザに上がる）
女1　お帰りなさい……。お夕食の支度が出来てますよ……。

男1　（坐って）ほな、いただこかな……。
女1　これが、ごはん……。
男1　ありがとう……。
女1　これが、おさかな……。
男1　ありがとう……。
女1　これが、おみおつけ……。
男1　ありがとう……。
女1　どうぞ……。
男1　いただきます……。
女1　おいしい……？
男1　おいしいよ……。
女1　ねえ、こういうことがやってみたかったん……？
男1　いや、こういうことやなく、やってみたかったんやけど……。やっぱり、こういうことのほうがよかったんかな……。
女1　ねえ、きれいな夕焼け……。
男1　ほんまや……。でも、少くともあいつは、あなたに保険金を遺してやれたと思って死んだんやから、本人としては満足してるんやないかな……。

女1　そやろか……？
男1　そうですよ……。
女1　だって……。（と、上手を見る）

上手より、松葉杖をついた男2が、ゆっくり現われる。

男1　（ふり返って男2を見）どないしたんや……？
男2　そやからな、こうやって落ちるんやって、あいつがやってみせて……そのまま自分で落ちてもうたんや……。

《暗転》

あとがきに代えて

別役実

「コント集である」と宣言するには、いささか引け目を感ずる。それにしては、肝心のコントの数が少なすぎるのだ。コントは「数」である。やってもやっても（読んでも読んでも、ではない）「まだこんなにある」とした時、はじめて我々はコントというものの無意識の呪縛力を感じとる。

「タイラバヤシか、ヒラリンか」と言えば「ははん」とうなずく人は、けっして少なくないだろう。落語の名作とは言えないまでも、それなりに知られた小品で、男が「平林」という名の人物を探すだけの話である。

ところが彼はうかつにもその名前の「読み」を忘れてしまい、会う人ごとに聞いてまわらざるを得なくなり、聞く人ごとに別の「読み」を教えられ、思わぬ不条理に直面するという、単刀直入の「笑い」を目指したものといえよう。

実は私の「ソロロ・ポリン・テニカ・カバト・オスス・トンブ・ピリン・パリン」は、これにヒントを得て出来上がった作品である。

「タイラバヤシ」のほうは「ヒトツと、ヤッツは、トッキッキ」という「音の羅列」にすぎない、あられもない並びになって終わっているのだが、私の「ソロロ・ポリン……」は、そこからはじまっている。そして前者の「行く手」が閉ざされているように、後者の「引く手」も、手がかりを失わされている。

　意味のない「笑い」であり、私はこれを「ナンセンスの笑い」として評価しているのだが一般ではそうではない。文化活動における「笑い」は、それが何を風刺しているかによってのみ価値づけられ、そうでない「笑い」は、どちらかと言えば貶められてきた。

「笑い」を批評活動の一種と見た時、風刺の「笑い」は人間性のわかりやすい部分に向けられ、ナンセンスのそれは人間性のわかりにくい部分に向けられるとすれば、後者の「笑い」こそ、人間性の未知なる部分に光を当てる手掛かりになるものと思われる。

「どうしておかしいのか、わからないけどおかしい」のが、「ナンセンスの笑い」の目指すものであり、この「笑い」は、「わからないおかしさ」を「わからないまま」に、消化してくれるのである。

「お前さんのコントには、死が多すぎる」と言われたことがある。気がつかなかったが、確かめてみると、そう言えないこともないのだ。直接死に言及していない場面でも、それとなくその匂いがしたりしているのである。

　理屈でなく「笑いを突きつめたむこうに死がある」と、私は考えている。「笑いの最終目的は死を笑うことである」とも考えている。

「結婚式よりお葬式のほうがはるかにいい」という説がある。私もそう思う。ただし、何がいいのか、ということになると、少しばかりたじろぐかも知れない。はっきりと説明できるようなものではないからだ。「参列してみればわかるさ」というのも投げやりな言い方で、「わかりました」となるかどうかは保証の限りではない。

漠然と「人間のイトナミ」のニュアンスがある、というのが、無難な説明かも知れない。「笑い」もこのようなニュアンスを原点にして、にじみ出てくるのである。例の「市長さんがバナナの皮に足をとられてスッテンコロリン」という「笑い」とは成り立ちが違うのだ。「原罪」のように、生まれながらに人間の存在につきまとっているのである。従って、それは「死」に際して垣間見える事が多いのだろう。

「コント」の困ったところは、出来のよいものであればあるほど、その本来の作者が特定し難い、という点にある。多くの作品は「公開」の段階で客が口を出すこともある。

「原案」「文章化」「公開」「育成」「熟達」「消滅」という過程を辿るのであるが、「コント」の場合は、そのそれぞれの段階を別人物が担うことが多いからである。

問題は、著作権は誰のものか、ということである。もう少し切実な問題にしてみれば、著作権料は誰がもらうのか、ということになる。

すべての「コント」は、「公開」されると同時に公的機関が買い取り、作者には公務員として給料を支払ったらどうかという説がある。極めて合理的な考え方であるが、出来上がる「コント」はさぞかし酷いものになるだろう。

私は今後演劇は、客席五百人以下の劇場で、休憩なしの一時間を最長とし、すべてはそれより短時間のコントに近いものになってしまいそうな気がする。

不条理時劇代の最高傑作

コバヤシが死んだよ。

まさか、死んだのはコバヤシじゃないのか。

いや、コバヤシだよ。

そうか、俺はまたコバヤシかと思った。

『オママゴト』を本書に採用したのは、この作品が「コント」をベースにしてそれをふくらませたものとして、わかりやすくできている点と、もうひとつ、「方言の芝居」になっている点である。

コントをふくらませて、言われるところの「一晩もの」の長さを作り出すため、われわれがやらなければならないことは、各場の歯切れを良くし、しかもそれらを、つなぐのではなく、積み重ねる、という感じで並べることである。

したがってこうした舞台の場合は、ストーリーの進行にしたがって場面が変化するのではなく、同一場面で時間のみが推移するという場合が多い。「つなぐ」が出来事の水平軸的な体験のよりどころであり、「積み重ねる」が出来事の垂直軸的体験のよりどころであり、不条理劇が後者を重視するのは、われわれの前時代にはびこった、いわゆる「ストーリー芝居」の閉鎖性に、よほどうんざりしたせいに違いない。

ここで使われているのは、かなりいいかげんな関西弁である。方言の専門家に言わせれば「間違いだらけ」ということになるであろう。しかし、それが意図通りなのである。尼崎を中心とする、いわゆる「阪神地方」は、方言からいうと混合地であるが、それをそのまま使いたいと考えているのだ。

方言は「混合し」「変化し」「生まれ変わり」「意味を変え」「消滅する」という過程を辿るとすれば、その通りのことを劇中で繰り返したいのである。

註

本書に収録した諸作品に関わる著作権は、原則として作者たる別役実にあるが、作中『ふなや』のみは、常田富士男と共に提案・作成し、成立してきた事情に鑑み、協議の結果、「上演権」は常田富士男に、「出版権」は別役実に、それぞれ分け持つことになった。したがって今後そのように「上演許可」「出版許可」の許諾を申請していただきたい。

※『ふなや』（常田富士男宛）の上演許可願いは、三一書房編集部気付で返信用はがきを同封のうえ申請してください。

尚、劇作家協会の内規による上演料は次の通りである。

▽無料公演の場合　↓　1ステージ、5千円。
▽有料公演の場合　↓　公演予算の5％。
▽その他、商業公演の場合は別途話し合い。

別役 実（べつやく・みのる）

劇作家。1937年、旧満州生まれ。早稲田大学政経学部中退。日本の不条理演劇の第一人者である。

1963年、『マッチ売りの少女』『赤い鳥の居る風景』で第13回岸田國士戯曲賞を受賞。

1988年、『ジョバンニの父への旅』『諸国を遍歴する二人の騎士の物語』で芸術選奨文部大臣賞。

2007年、紀伊國屋演劇賞。

2008年、『やってきたゴドー』で鶴屋南北戯曲賞・2008年度朝日賞。

戯曲集：『マッチ売りの少女・象』『不思議の国のアリス 第二戯曲集』『そよそよ族の叛乱 第三戯曲集』『数字で書かれた物語 第四戯曲集』『あーぶくたった、にぃたった 』『にしむくさむらい』『天才バカボンのパパなのだ』『マザー・マザー・マザー 戯曲集』『木に花咲く』『足のある死体・会議 』『太郎の屋根に雪降りつむ』『メリーさんの羊』『ハイキング』『白瀬中尉の南極探検』『ジョバンニの父への旅』『諸国を遍歴する二人の騎士の物語』『ドラキュラ伯爵の秋』『山猫からの手紙』『はるなつあきふゆ』『猫ふんぢゃった』『風に吹かれてドンキホーテ』『カラカラ天気と五人の紳士』『森から来たカーニバル』『遊園地の思想』『金襴緞子の帯しめながら』（以上、三一書房）他著作多数。

別役実の混沌・コント

2017年12月25日　第1版第1刷発行

著者　別役 実 ©2017年

発行者　小番 伊佐夫
組版装丁　Salt Peanuts
印刷製本　中央精版印刷
発行所　株式会社 三一書房
〒101-0051 東京都千代田区神田神保町3-1-6
☎ 03-6268-9714
振替 00190-3-708251
Mail: info@31shobo.com
URL: http://31shobo.com/
ISBN978-4-380-17008-9　C0093

Printed in Japan
乱丁・落丁本はおとりかえいたします。
購入書店名を明記の上、三一書房までお送りください。